やり直し令嬢は竜帝陛下を攻略中

永瀬さらさ

22070

角川ビーンズ文庫

contents

キャラクター紹介

ジル・サーヴェル
婚約破棄、そして処刑を言い渡され、死ぬ間際に16歳から10歳へと時間が逆行した。“軍神令嬢”と恐れられるほどの強い魔力を持つ
やり直し令嬢は竜帝陛下を攻略中
ハディス・テオス・ラーヴェ
ラーヴェ帝国の若き皇帝。竜神ラーヴェの生まれ変わりで“竜帝”とよばれる

ジェラルド・デア・クレイトス

クレイトス王国の王太子。
本来の時間軸では、ジルの婚約者だった

ラーヴェ

竜神。
魔力が強い者でないと姿を見られない

スフィア・デ・ベイル

ハディスの婚約者候補

ジーク

ジルの元部下で剣士。
現在は北方師団の兵士

カミラ（本名はカミロ）

ジルの元部下で弓の名手。
現在は北方師団の兵士

～プラティ大陸の伝説～

愛と大地の女神・クレイトスと、理《ことわり》と天空の竜神・ラーヴェがそれぞれ加護をさずけた大地。
女神の力をわけ与えられたクレイトス王国と、竜神の力をわけ与えられたラーヴェ帝国は、長きにわたる争いを続けていた――

本文イラスト／藤未都也

序章

粉雪まじりの強風が頰《ほお》を叩《たた》く。頰についた血と髪《かみ》も吹《ふ》き飛ばす、凍《い》てついた夜だった。

どうにか階段をのぼりきり、城壁《じょうへき》の上までたどり着いたジルは、片膝《かたひざ》をつく。ちらりと見た城壁の向こう側は、底の見えない暗闇《くらやみ》しかなかった。

押さえた右肩《みぎかた》の出血が止まらない。魔力《まりょく》で治癒《ちゆ》をしようとしても、うまくいかない。誰《だれ》かが邪魔《じゃま》をしている。だがその原因を突《つ》き止める時間はなさそうだった。

それにその魔力も、たったひとり、ここまで逃《に》げるために底をつきかけている。

この状態では、飛び降りて助かるとはとても思えない。

「いたぞ、ジル・サーヴェルだ！」

それでも敵の声を聞けば、体は反射のように動く。何年も初恋《はつこい》のひとのために戦場を駆《か》けてきた習慣だ。

腰《こし》にさげた長剣《ちょうけん》を抜いて石畳《いしだたみ》を蹴《け》ったジルに、追いかけてきた城の兵士達がひるむ。大きく踏《ふ》みこんで一振り、回転して横薙《よこな》ぎに、舞《まい》のように斬《き》りつけて血路を開こうとするジルに気迫《きはく》負けして何人かはうしろにさがっていくが、数が違《ちが》いすぎた。

徐々《じょじょ》にジルは囲まれ、追《つ》い詰められていく。

相手も悪い。つい昨日までジルにとっては仲間、守るべき国民だった。どうして、という思いが失血も手伝って剣さばきをにぶくする。

ついにジルは尻餅《しりもち》をついて、兵達の槍《やり》に、剣先《けんさき》に囲まれた。

「そこまでだ、ジル」

何より、凛《りん》とした声がジルの身を震《ふる》わせた。

兵の奥から、城壁に立つには不似合いな出《い》で立ちの青年が現れた。吹雪《ふぶ》く強風にはためくマントの色は群青《ぐんじょう》。クレイトス王国の王族のみに許された、女神《めがみ》の禁色だ。

「……ジェラルド様」

名前を呼ばれたこの国の王太子は、魔力を制御《せいぎょ》するためにかけているという眼鏡の鼻当てを軽く持ちあげた。

「私の妃《きさき》になるはずだった女性が罪を認めず逃げ出すなど、恥《はじ》を知れ。……フェイリスがどれだけ胸を痛めているかと思うと、私もつらい」

「――相変わらず、妹思いなのですね」

戦場で無駄口《むだぐち》など叩くべきではない。

だが思わず嫌《いや》みを口にしてしまったジルを、ジェラルドは冷静に見返した。

「当然だ。我が妹にまさるものなど、この世にはない」

(黙《だま》れこの腐《くさ》れシスコンが!!)

そう叫《さけ》ばなかったのは不敬罪が怖《こわ》かったからではなく、ただおぞましかったからだ。

そもそも、罪名が追加されても、処刑《しょけい》が決まっている身である。しかも冤罪《えんざい》ばかりで――いや、身に覚えがある罪状ならある。言うなれば、『私と私の世界一可愛《かわい》い妹との仲を理解しなかった罪』だ。無理解罪とでも名づけてやりたい。

吹雪の中、悠然《ゆうぜん》と立っている金髪《きんぱつ》の王子はジルの婚約者《こんやく》だった。ジルが十歳のとき、初めて訪《おとず》れた王都で第一王子ジェラルド・デア・クレイトスの十五歳の誕生日パーティーに出席したその日、初対面で求婚され、そういう仲になった。

ジルの故郷であるサーヴェル辺境領は、神話の時代から何かと争いが絶えないラーヴェ帝国《ていこく》と接している。いずれくるラーヴェ帝国との争いを見越《みこ》して血縁者《けつえん》を取りこもうという、政略的な求婚だったのかもしれない。それくらいならジルも了解《りょうかい》していた。でもジェラルドは他人にも自分にも厳しく、真面目《まじめ》で、責任感のある、尊敬できる人物だった。

何より、化け物じみたジルの魔力を認め、必要だと言ってくれたのだ。

だから堂々と魔力を使い、戦場を駆けることもまったく苦にならなかった。普通《ふつう》の女の子とは違う青春でも、化け物だ戦場でしか笑わぬ冷血女だ男女だと嘲笑《ちょうしょう》されても、ジェラルドという王子様が自分にいると思えば、引け目を感じなかった。

戦功をたて軍神令嬢《れいじょう》とよばれ、年頃《としごろ》の男子より女子に恋文《こいぶみ》をもらう十六歳になっても、まあいいかですましてこられたのだ。

なのにジェラルドの正体は、妹と禁断の恋《こい》に励《はげ》む変態だった。

ジェラルドの溺愛《できあい》する妹、フェイリス・デア・クレイトス第一王女はこれまでの人生をほとんど寝台《しんだい》ですごしている、病弱な少女だ。外にもほとんど出られず、ジルも指で数えるほどしか会ったことがない。

だが一目見れば誰しもが魅了《みりょう》される、天使のような少女だった。ジェラルドの溺愛ぶりもしかたがないと頷《うなず》いたものだ。妹の具合が悪いと聞けばジェラルドはジルの誕生日パーティーも婚約記念日もすべてすっぽかした。冗談《じょうだん》まじりで不満をもらそうものなら、城中の人間に白い目で見られ、ジェラルド本人には手厳しく糾弾《きゅうだん》され、挨拶《あいさつ》すらできないまま戦場に送り出される。優《やさ》しい部下に慰《なぐさ》められつつ、自分の狭量《きょうりょう》さを反省したものだった。

だって思わないではないか、普通——婚約者の浮気《うわき》相手が、実の妹だなんて。

いや、厳密には浮気相手は自分のほうだった。自分との婚約は、最初から妹との禁断の恋をカモフラージュするためだったのだ。ジルは完全な道化《どうけ》だった。百年の恋も一気に冷める事実をつい最近、ジルは知った。もはや悲しみや怒《いか》りを通り越《こ》して笑うしかない。

(妹思いの、いい兄だとばかり……少しすぎたところがあるだけで……)

だが、ジルがそうと知ったあとのジェラルドは、非情だった。

まず、婚約を破棄《はき》された。願ったり叶《かな》ったりだったが、それだけではすまなかった。その翌日にはなぜか身に覚えのない罪で拘束《こうそく》され、その次の日には牢《ろう》に放《ほう》りこまれ、その次の日には裁判が終わっていて、その次の日には処刑が決まって、今日になっていた。ちなみに処刑は明日である。

王太子とその妹の名誉《めいよ》を守るための、迅速《じんそく》かつ完璧《かんぺき》な口封《くちふう》じだった。世間ではジルがフェイリス王女に醜《みにく》い嫉妬《しっと》を起こし、毒殺を目論《もくろ》んでいたことになっているらしい。ジェラルドの指示なのかなんなのか、フェイリス王女が涙《なみだ》ながらにそう告発したそうだ。

　こうなったときを前々から想定して備えていたとしか思えない。ジェラルドの優秀《ゆうしゅう》さに妙《みょう》に感動してしまった。か弱いとばかり思っていたフェイリスにも感服した。正直、侮《あなど》っていたと反省している。女子力皆無《かいむ》と言われる自分にはできない芸当だ。

　これだけ素早《すばや》く手を回されると、故郷の皆《みな》も、つかの間の休日をすごしている自分の部下達も、助けにくる時間はないだろう。ジルの処刑が決まったことが伝わっているかどうかもあやしい。いや、そもそも故郷や自分の部下が無事かどうか――。

「しかし、どうやって牢から出たのだか。君が飼っている狂犬《きょうけん》共は始末したはずだ」

覚悟《かくご》はしていたが、部下のほうにもすでに手は回っていたようだ。最悪だ。ジルを追い詰めるように、ジェラルドの分析《ぶんせき》は続く。

「サーヴェル家も今は動けない。……内通者を見つけなければな」

「ご心配なさらずとも、内通者などおりません。魔力で叩き壊《こわ》して出てまいりました」

「……。まったく、サーヴェル家の人間はこれだから」

　呆《あき》れた顔を懐《なつ》かしいなどと思ったことが、むなしかった。

「君が聡明《そうめい》な判断をしたならば、クレイトス王家の子を教育する名誉くらいは与《あた》えてもよかったんだが……まあ、これでよかったのかもしれないな。フェイリスの子を、魔力の強い筋肉馬《ば》鹿《か》にされてはたまらない」

なるほど、ジェラルドと妹の仲を見すごせば、そういう未来が待ち受けていたわけか。

これはもう、更生《こうせい》の余地も理解の必要もない。恋心《こいごころ》が完膚《かんぷ》なきまでに粉砕《ふんさい》された。自嘲《じちょう》がにじむ。ありがたい話だ。

(……我ながら、節穴すぎた。こんな男を強いと、尊敬していたなんて)

がん、と石畳の隙間《すきま》に剣を突き立て、ジルは立ちあがる。生きなければ、と思った。

人間は簡単に死ぬものだと、戦場で嫌というほど学んできた。だが死ぬとしても、せめてこの男が笑えない死に方をしなければ、腹の虫がおさまらない。

「ただ私を盲信《もうしん》し続けていれば、幸せになれただろうに」

「——どけ」

奔《はし》らせたジルの剣先を、ジェラルドがよける。さすが、王都の守護神を名乗る自分の元婚約者だ。

眼鏡の奥の黒曜石の瞳《ひとみ》がわずかに光り、ジェラルドが持っている黒い槍に魔力が奔る。クレイトス王家に伝わるという女神の聖槍《せいそう》なら、まともに打ち合っても武器のほうがもたない。

だが、こちらは年季が違う。この男のために戦場を駆けた軍神令嬢だ。

(なめるな!)

一点に魔力をこめて、王子様の槍を弾《はじ》き飛ばした。舌打ちしたジェラルドが一歩引いた分あいた歩廊《ほろう》を走り抜《ぬ》け、城壁《かべ》の一番高い壁にのぼり、足下《あしもと》を見おろした。

真下は暗闇、底の見えない崖《がけ》だ。だが、もみの木が生《お》い茂《しげ》る森が広がっているはずだ。雪も

これだけ降っている。うまくいけば助かるかもしれない。生き延びても凍死《とうし》するだけかもしれないが、それでも。

「ジル！　何を」

「勘違《かんちが》いしないでくださいね、殿下《でんか》。あなたがわたしを捨てたんじゃない」

少なくともこのままよりは、可能性があるだけずっといい。

「わたしがお前を捨てるんだ」

ジェラルドの婚約者として失ってはいけない女らしさのためにはいていた、ヒールの高い軍《ぐん》靴《か》で、城壁《じょうへき》を蹴《け》った。

「矢を射ろ！　逃《に》がすな！　銃《じゅう》はどうした⁉」

矢の嵐《あらし》が降ってきた。

肩《かた》をかすめていった矢に毒が仕込まれているのがわかった。しびれを感じた指先に眉《まゆ》をひそめたが、笑い返す。城壁の上からいくつもの銃口が火を噴《ふ》く。それらも全部、残り少ない魔力《まりょく》で弾き返してやる。

だが魔力の壁を突《つ》き破り、ジルをめがけて一投されたものがあった。

黒い槍。女神《めがみ》の聖槍だ――ジェラルドが投げたのだろうか。悲しむ暇《ひま》などない、胸に突き刺《さ》さる直前でそれを握《にぎ》り止めたジルは、不敵に笑う。

(負けるものか)

手のひらが魔力で焼けていく臭《にお》いがする。爆風《ばくふう》が吹《ふ》き荒《あ》れる。凍《こご》える風も魔力も、涙も蒸発していく。

負けるものか、負けるものか。こんな終わり方をしてたまるか。

歯を食いしばって、そう前を見据《みす》えたいけれど、視界がかすんでいくのがわかった。魔力が消えていく。それは命の灯火《ともしび》だ。

ゆっくりと手から力が抜け、黒い槍《やり》の切っ先が心臓に向かう。

(もし、あの男の婚約者にならなかったなら)

ああ、これは走馬灯《そうまとう》だ、いけない——そう思うが、止まらなかった。

だって十歳のあのとき、パーティーで求婚されなければ、自分は故郷で戦場に立つことはあっても、先陣《せんじん》切って駆《か》けずにいただろう。素朴《そぼく》でも優しそうな強い男と恋をして、普通の女の子らしい出来事を味わえたかもしれない。

そして大好きなお菓子《かし》やご飯をたくさん食べて——いや、そこは少し違《ちが》うか。

でも、あの日、あのとき、求婚さえ受けなかったならば、人生は違ったはずだ。

(誰《だれ》かを好きだったことを失敗のまま、終わらせたくないのに)

——次。次さえあれば、利用されたまま終わらないのに。

「……ジル、どうしたんだ。ジル？」

「え？」

はっとまばたいた。真っ暗な空も、血も塗《ぬ》りつぶす雪の白さもなかった。それとは正反対の世界があった。

「なんだ、緊張《きんちょう》しているのか？」

「いくらジルでも気後《きおく》れしますよ。初めての王都で、こんなにぎやかなパーティーに出席するなんて！　私も目がくらむわ。まるで夢のよう」

「ジェラルド王子の十五歳の誕生祝いだからな。しかも、このパーティーで婚約《こんやく》者を選ぶともっぱらの噂《うわさ》だ。国王様も力を入れているのだろう」

頭上から降る会話をジルは呆然《ぼうぜん》と聞いていた。

（……お父様とお母様だ）

とっくに死んでいるはずの彼らが、なぜ。

だが夢だと思うにはいささか強い力で、母がその手を引く。

「ジルが選ばれたりしてね？」

「え……な、何に、ですか」

「ジェラルド王子の婚約者にだよ。お前は刺繍《ししゅう》も歌も料理もてんでだめだが美人だし、まだまだ色気より食い気だが、しっかり者で優《やさ》しいからなあ」

両親はきっと冗談のつもりで、笑っていた。

そう、笑っていた──覚えがある。

さあ行こうとうながされた先で、天井《てんじょう》近くまである両開きの扉《とびら》が開く。サーヴェル侯爵《こうしゃく》ご夫《ふう》婦《ふ》とそのご令嬢《れいじょう》ご到着《とうちゃく》というかけ声。案内の先にある世界は。

（……嘘《うそ》だ）

吹き抜けの天井から吊《つる》されたいくつものシャンデリアと、そのきらめきが映りこむ大理石のダンスフロア。二階に向かう交差した真っ赤な天鵞絨《ビロード》の階段。オーケストラの奏《かな》でる華《はな》やかな音楽。真っ白なテーブルクロスに銀の食器が並べられ、瑞々《みずみず》しい果物が盃《さかずき》にのっている。ぐるりと周囲を囲む金の燭台《しょくだい》に灯《とも》る火が意味をなさないほど、明るい色のドレスで花のように踊《おど》る令嬢達。

――自分は、この夢みたいな世界を前に見たことがある。

（そんな、馬鹿な）

ふと、横にある窓が目に入った。曇《くも》りひとつなく磨《みが》きあげられた硝子《ガラス》は、鏡のように自分の姿を映し出してくれる。

そこには金髪《きんぱつ》を大きな花飾《かざ》りで結《ゆ》いあげ、薄桃色《うすももいろ》のドレスを着た女の子の姿があった。まん丸に見開いている紫《むらさき》の瞳。年の頃《ころ》は十歳くらいだろうか。

いや、多分十歳だ。まだ普通《ふつう》の女の子だった頃の。

「ジェラルド・デア・クレイトス王太子殿下、ご入場！」

ファンファーレと一緒《いっしょ》に最奥《さいおう》から堂々とした足取りで下りてくるその姿を、よく覚えていた。

生まれて初めて見る本物の王子様というものを、食い入るように見つめていたのだ――その眼鏡の奥の瞳と視線が交差するまで、あのときの、十歳の、自分は。

「！」

そうしてまた目が合う。

先ほど真夜中を告げたはずのクレイトス王城の時計塔《とう》が、再び鐘《かね》を鳴らした。

第一章　発令、竜帝攻略作戦

危機が訪《おとず》れたら有効な攻略法《こうりゃく》が見つかるまでとにかく逃げろ、というのが戦場におけるジルの部隊の副官の方針だった。優秀《ゆうしゅう》な副官だった。ラーヴェ帝国軍《ていこく》に挟《はさ》み撃《う》ちにされたときも、補給線を断《た》たれて孤立《こりつ》したときも、助けてくれた。

そして今この瞬間《しゅんかん》も、ジルを救ってくれた。

すなわち――何が起こっているかよくわからないが絶対にこの状況《じょうきょう》は危険なので逃げる、ということである。

「お父様にお母様、わたしちょっと人ごみに酔《よ》ってしまったので外に出てます！　では失礼」

「あら、あなたの大好きな豚《ぶた》の丸焼きはいいの？　かぶりつくのはいけないけれど」

「胸焼けがするので！」

「なんだと、お前が胸焼け？　悪い病気じゃあないのか？」

豚の丸焼きが食べられない娘《むすめ》を心配する両親を置いて、ジルは一目散にテラスに向かう。城内の構造はもちろん覚えていた。そのことが余計に頭を混乱させる。

（落ち着け、落ち着け！　これは夢か？　それとも、あっちが夢か？）

テラスに出るところで一瞬足を止めて、もう一度硝子で自分の姿を見た。そっと指先で触《ふ》れてみて、間違《まちが》いなくこの子どもが自分であることを確認《かくにん》し――それでもやはり落ち着かずに、そのままテラスへと出る。

（わたしが若返った？　いや違う、お父様とお母様が生きていらっしゃる。わたしの記憶《きおく》だけがおかしい。ということは、時間が戻《もど》った？　まさか、時を戻す魔術《まじゅつ》なんて、神でもなければ使えるはずがない！　それがどうしてこんなことに……）

口を押さえようとして、その手を見る。すでにこの年で剣《けん》を握《にぎ》っていたはずだが、まだ柔《やわ》らかくて小さな手だった。

そう、この頃《ころ》はまだ両親が健在で、剣術や武術も『戦闘民族《せんとうみんぞく》』と呼ばれているサーヴェル家の娘として嗜《たしな》む程度の、ごく普通のご令嬢だった。

普通のご令嬢が武術を嗜むのかどうかは考えずにおくとして――それでも、そのことはジルに一筋の光明をもたらした。もし、本当に時が戻ったならば、まだ自分は軍神令嬢と呼ばれておらず、ジェラルドのために戦場を駆けてもいない。

ジェラルドの婚約者にも、なっていない。

「……やり直せる？」

いったいどうしてこうなったのかはわからない。けれど、そうつぶやいていた。ぎゅっと小さな手を握りしめる。

戦場では現状を把握《はあく》できない者から死んでいく。深呼吸した。

（とにかく過去に戻ったのだと想定して動こう。もしジェラルド様に求婚《きゅうこん》されても、それを受

けなければ……いやそれは無理だ、王太子から求婚されて断れるはずがない）

国境を守る信任厚い辺境伯《はく》であろうとも、クレイトス王国の一領だ。そこの娘が下手に第一王子の求婚を拒《こば》めば、反意ありとみなされてしまうかもしれない。

だとしたらいちばんの手段は、求婚されずにこのパーティーをやりすごすことだ。

（だったら、わたしはすでにやりすごしたのでは……？）

過去が過去のまま進むならば、先ほど、目が合った直後にジェラルドはジルのもとへまっすぐやってきて、求婚した。

だとしたら、テラスに出た時点で、すでに過去は記憶どおりではなくなっている。

「そこから逃《に》げたのだからもう解決した⁉」

「ジル姫《ひめ》」

「出た――――――‼」

思わず絶叫《ぜっきょう》したジルに、ジェラルドが――ジルの体感ではほんの十数分前まで青年だったのに今は少年になっている王子様が――首をかしげていた。

「出た？」

「い、い、いえ……なんでも、ございませんですわよ」

うろたえに加えて、無理に令嬢っぽくしようとした口調が余計におかしい。

だが、パーティーが始まったばかりだというのに、主賓《しゅひん》のジェラルドがテラスに出てくるのはどう考えてもおかしい。しかも、その手になぜか一輪の薔薇《ばら》を持っていて、その薔薇にジルは見覚えがあった。

求婚されたときにもらったのだ。ついでに思い出す。いつぞや求婚の理由を尋《たず》ねたとき、ジェラルドは笑顔《えがお》で答えてくれたのだ――「一目見たとき、君だと思った」と。それを運命だとひそかに喜んだものだが。

(もう目があった時点で遅《おそ》かったのか⁉)

冷や汗《あせ》をだらだら背中で流しているジルをどう思ったのか、ジェラルドが目を細めた。品物を検分するようだ、と思ってしまう。なぜなら、彼がこの時点で実の妹を愛していると知っているからだ。

「失礼した。私はジェラルド。ジェラルド・デア・クレイトス……この国の王太子だ」

「そ、そうでございますですのね」

「あなたは、サーヴェル家のジル姫だな」

ジェラルドがいささか緊張《きんちょう》したように眼鏡をふき、またかけ直す。そう、王女でもない自分を姫と呼んでくれる王子様に、あのとき自分は舞《ま》い上がった――。

「……あなたに大事な話がある」

星がまたたく夜空の下で、王子様が進み出てくる。シャンデリアがきらめくダンスフロアの真ん中での求婚も素敵《すてき》だったが、これはこれで素敵な光景だった。

そう、相手が腐《くさ》れシスコン野郎《やろう》でなければ。

(ここで大声でばらしてやるとか⁉　あ、駄目《だめ》ださっき知られただけで殺された)

叫《さけ》んだ瞬間に色んなものが終わるだろう。彼はもうこの頃から神童と名高かった。

「驚《おどろ》かずに聞いてほしい。私は、あなたを一目見て――」

「あっなんてこと、お父様とお母様が心配しているのに違《ちが》いありませんですわ！」

大声でさえぎって、その場を早足で駆《か》け出す。ジェラルドのきょとんとした顔は見物だったが、それどころではない。

（ここは逃げねば！　これが夢という可能性もあるが、だからといってこのままでは……今度は知ってる分、余計最悪だ！　人生早期終了《しゅうりょう》の可能性もある！）

だからといって、すでに目をつけられてしまったらしい今、どんな手が打てるだろう。ジルは人をかき分け、進みながら考える。

テラスから出てきたジェラルドの姿がちらと見えた。このまま諦《あきら》めてくれればと思ったが、やっぱりというかなんというか、ジルの姿を見て叫ぶ。

「ジル姫！　どうして逃げる」

お前はもう捨てた男だからだよ、と言えたらどんなにいいだろう。だが、声をあげた第一王子の姿に注目が集まりつつある。聞こえないふりをして時間を稼《かせ》げるのもわずかだろう。

（第一王子の求婚を、穏便《おんびん》に回避《かいひ》する作戦……っもう恋人《こいびと》がいることにするか!?　だめだ、今のわたしは子どもだぞ無理がある！　しかも王太子が手を引くお相手じゃないと……ってそんなものそうそう転がってるわけないだろうが！　せめて魔力《まりょく》が異常に高くて物理的にも強いとか、それうちの家だしジェラルド王子も強かった！）

現実逃避《とうひ》をややまぜながら必死で逃げる。だが十歳の子どもの体では、どうしても人の波に押し流されてしまう。人が少ない場所を狙《ねら》って進むが、それはすなわちジェラルドに追いつかれやすいということでもあった。

「ジル姫！」

どうにか人の輪から抜《ぬ》け出たところで、とうとうジェラルドに追いつかれた。

（そうだ、わたしから求婚すれば……巻きこんだ責任は取る！　しあわせにする！）

腕《うで》をつかまれそうになったジルの手が、とっさに何かを後ろ手でつかむ。それは妙《みょう》に手触《てざわ》りのいい上質なマントだった。あとずさるジルの背中にあたったのは、おそらく膝《ひざ》。びくともしないところから、大人の男性だとわかった。

ならば、子どもの戯《ざ》れ言ですむかもしれない。

ジェラルドが息を呑《の》んだこともジルに勇気をくれた。

とにかくこの場を逃げ出してしまわなければ——その一心で、叫ぶ。

「わたし、この方に一目惚《ひとめぼ》れしました！　この方と結婚《けっこん》します——この方を一生かけて、しあわせにします!!」

「ジル!?」

騒《さわ》ぎを聞きつけたのか、両親の驚く声が聞こえた。周囲がざわめき、ジェラルドが難しい顔で唇《くちびる》を引き結ぶ。

その、子どもの戯れ言と流すにはやや過剰《かじょう》な周囲の反応に、ジルがまばたいたとき——頭上から声が降ってきた。

「わかった。では君を妻に」

それはジルが望んだような、大人が子どもの戯れ言を受け流す返答ではなかった。

低くて、耳触《みみざわ》りのいい男性の声だ。やけに色っぽくて、背筋がぞくぞくする。耳元でささやかれたら、腰砕《こしくだ》けになってしまいそうなその声。

一度味わえばもう忘れられなくなるような。

（き、聞き、覚えが……ある）

戦場で、つい最近――いや六年後か、ややこしい。とにかくこの先の未来で、ラーヴェ帝国《ていこく》軍と一戦まじえたときに姿を見せた、その声の持ち主は。

「お嬢《じょう》さん。君の名前は？」

「ジ……ジル・サーヴェル……」

振《ふ》り向かずに答えたジルに、ほう、と感心したような声が返ってくる。

「サーヴェル辺境伯の姫君《ひめぎみ》か。どうりで魔力が高い。何より、幼くとも確かな目をお持ちのようだ。この僕に自ら求婚するなんて」

こん、とグラスをテーブルに置く音がして、男性が立ちあがる気配がした。同時にふわりと片腕《かたうで》で抱《だ》きあげられた。力の抜けたジルの手から、マントが落ちる。

シャンデリアの光を弾《はじ》いて艶《つや》めく髪《かみ》。眉《まゆ》の形も鼻梁《びりょう》も薄《うす》い唇も、頰《ほお》の輪郭《りんかく》から顎《あご》の形まで圧《あっ》倒《とう》的な造形美を象《かたど》っている。何よりも目を引くのは、金色の両眼だ。月のように静謐《せいひつ》で、獣《けもの》のような残忍《ざんにん》な輝《かがや》きを併《あわ》せ持った瞳《ひとみ》。

抱きあげたジルを覗《のぞ》きこむ仕草は優《やさ》しげなのに、喉元《のどもと》に刃《やいば》でも突《つ》きつけられたような緊張がはしる。なのに目をそらすことを許さないほど、美しい。

「どこぞの島国には飛んで火に入る夏の虫、という言葉があるそうだ。ご存じかな？」

ぶんぶんと首を横に振った。だから、離《はな》してほしかった。だが相手は一切《いっさい》笑顔を崩《くず》さない。

「そうか。だが大丈夫《だいじょうぶ》、不安に思うことはない。僕は妻にはひざまずくと決めている」

ジェラルドは何も言わない。これ以上なく険しい顔をして、拳《こぶし》を震《ふる》わせている。

そういう意味で、ジルが直感的に選んだ相手は非常に正しかった。

正しいのだが、人生の選択《せんたく》としては、どうしようもなく間違《まちが》ってもいた。

「このハディス・テオス・ラーヴェ、貴女《あなた》の求婚《きゅうこん》をお受けしよう。――綺麗《きれい》な紫水晶の目をした姫君、どうか僕をしあわせにしてくれ」

そう言ってジルの前に隣国《りんごく》の若き皇帝《こうてい》が優雅《ゆうが》にひざまずき、毒のように甘ったるい笑みを浮《う》かべて恭《うやうや》しく頭《こうべ》を垂れた。


たった一閃《いっせん》だった。

白銀の剣《けん》が蛇《へび》のようにうねって伸《の》び、一帯をなぎ払《はら》っていく。空と大地を食い散らかす獣のようだ。山が砕《くだ》かれ、地面がわれ、補給線を分断された。戦線が崩れ、もはや陣形《じんけい》を整えるこ

ともかなわない。闇夜《やみよ》を照らす戦火が、あっという間に広がっていく。

空からの容赦《ようしゃ》のない攻撃《こうげき》に、もはやこちらの敗北は決定的だった。

「ひとり残らず殺せ」

赤く燃える夜空からこちらを見おろして、敵国の皇帝が感情のない声で命じた。

「子どもも、女も、赤ん坊《ぼう》も関係ない。あの女の眷属《けんぞく》など生かす価値もない。ゴミだ。虫けらだ。生きていること、それ自体が罪だ」

その声は真冬の吹雪《ふぶき》よりも無慈悲《むじひ》に、周囲を凍《こお》りつかせる。

「だが簡単には殺すな。母親の前で赤ん坊の目をえぐれ。夫の前で妻をなぶれ。兄弟で殺し合わせろ。生まれてきたことを詫《わ》びさせろ、死なせてくれと叫ばせろ。希望も愛も夢も絆《きずな》も、すべて蹂躙《じゅうりん》しろ。何ひとつ残すな――俺が、そうされたようにだ！」

それは虐殺《ぎゃくさつ》だ。信じられない命令に、両眼を見開いたジルは頭上をあおぐ。

堰《せき》を切ったように上がる怒号《どごう》と悲鳴に、敵国の皇帝は金色の瞳を見開き、哄笑《こうしょう》していた。

悪逆非道の、呪《のろ》われた皇帝。人を人とも思わず、踏《ふ》みつけ、なぶり、その様を楽しむ、狂気《きょうき》の王。自分の目で確かめるまでは信じるまいとした現実が、そこにあった。

（――止める！）

剣を握《にぎ》り、ありったけの魔力をこめて地面を蹴《け》り、はるか高みにいる皇帝のもとを目指す。

戦争とはいえ一般《いっぱん》人を巻きこんでの虐殺など、許せるはずもない。けれどそれ以上に、許せないものがあった。

こんな敵ではなかった。

銀色の魔力が民《たみ》を守るためだけに夜空に翔《かけ》る様は、本当にうつくしかった。敵ながら見惚《みと》れるほどに鮮《あざ》やかに勝敗を決め、犠牲《ぎせい》を最小限にとどめ、余裕《よゆう》の微笑《びしょう》を浮かべながら撤退《てったい》を促《うなが》すその姿は高潔ですらあった。

なのに、この皇帝はいつからこんなふうになったのだろう。

ふと顔をあげた皇帝が、突っこんでくるジルへ向けて虫を振り払うような仕草で魔力の塊《かたまり》を叩《たた》きこんできた。それをジルは両腕《りょううで》を広げて正面から受け止めて、歯を食いしばる。両腕に力をこめて、気合いと一緒《いっしょ》に腕の中で風船をわるように霧散《むさん》させた。

その派手な破裂《はれつ》音に、地上も空も我に返ったように静まり返る。惨劇《さんげき》を命じた皇帝自身も驚いた顔をして、振り向いていた。

振り向かせてやった。そのことに勢いを得たジルは、あやうく死ぬところだったのも忘れて叫《さけ》んだ。

「うちの負けだ、認める！　だからそちらは早々に兵を引きあげろ！」

皇帝が端麗《たんれい》な眉を、わずかにひそめた。

「負けているのに、なぜお前が命じる」

話ができるじゃないかと、その人並み外れた美貌《びぼう》に向かってジルは胸をはる。

「どうしても誰《だれ》かをいたぶりたいなら、わたしだけにしろ。捕虜《ほりょ》になってやる。――だから他《ほか》には手を出すな」

奇妙《きみょう》な生き物でも見るように上から下までジルをながめた皇帝は軍神令嬢《れいじょう》とつぶやき、薄い唇に嘲《あざけ》りを浮かべる。

「ご立派なことだ。だがどうせ、最後はどうして自分がと醜《みにく》く泣き叫ぶ」

「誰が泣かされるか、お前のような弱い男に」

「弱いだと？　この俺が？　竜帝《りゅうてい》に向かってよく言った。もういい、殺してやる」

「では、お前はわたしより強い男か？」

口端《くちはじ》をあげて笑い損ねた皇帝が、こちらを初めてまともに見た。金色の獰猛《どうもう》な瞳に、まっすぐ、ジルは剣先《けんさき》を突きつけた。

「そうやって憂《う》さ晴らしをするお前は、本当にわたしより強いか⁉」

金色の瞳が一瞬《いっしゅん》だけ、何かを訴《うった》えるように輝き――そして消える。

「興が削《そ》がれた。全軍、引け」

抑揚《よくよう》のない声が、突然《とつぜん》の命令をくだした。まさか本当に兵を引くと思わなかったジルは、思わず声をかける。

「いいのか。――おい答えろ、わたしをとらえなくていいのか⁉」

「お前のような色気のない女をとらえて何が楽しい」

ぽかんとしたジルを残して、蜃気楼《しんきろう》のように皇帝の姿がかき消えた。

あとには魔力《まりょく》の残滓《ざんし》が蝶《ちょう》の羽ばたきのように舞《ま》うだけ。あれだけいたはずのラーヴェ帝国兵の姿も消えていた。あっけない終わりだった。

だが、ジルの心中がそれでおさまるはずがない。

「わ、わた、わたしに色気がないだと⁉」

一拍《いっぱく》おいてぶち切れたジルを、部下達が全員でなだめにかかってくれた——それはジェラルドに冤罪《えんざい》をかけられる少し前、つい先日のこと。

そして、おそらく今から六年後のことでもある。

（ああ、昨日でも六年後でもいい。やっぱり全部夢だ。夢に違《ちが》いない……）

目がさめたら生きているといいな、と思った。

できれば、奇跡《きせき》的に木の枝に引っかかって落ちたとかで、気絶していた展開を望みたい。実は無事だった優秀《ゆうしゅう》な副官が手を回して、運んでくれていたとかだと、なおいい。

だって今寝《ね》ている場所はこんなにもあたたかく柔《やわ》らかい——はっと目がさめた。軍での起床《きしょう》宜《よろ》しく飛び起きる。

髪に飾《かざ》ってあった大きな生花が落ち、結《ゆ》っていた髪がほどけて肩《かた》からこぼれ落ちた。握って開いてみた手のひらは、やはり記憶《きおく》より小さい。金糸の刺繍《ししゅう》で意匠《いしょう》を施《ほどこ》してある深紅《しんく》の羽布団《はねぶとん》に埋《う》まっている足も、短い。

ふと風を感じて、裸足《はだし》で寝台《しんだい》からおりた。分厚いカーテンの隙間《すきま》から日光が差しこむ窓の外を、背伸《せの》びをして覗く。見覚えのある中庭だった。

「……ここは王城……の、客間か？」

「ああ、よかった。目がさめたのか」

続きの奥の部屋から入ってきたのは、先ほど夢に出てきた相手だった。

ハディス・テオス・ラーヴェ——夢よりもまだ若い。だが見間違うことなどありえない、隣国ラーヴェ帝国《ていこく》の美しき皇帝。

思わず両手で拳《こぶし》を作った。今が六年前ならば、まだラーヴェ帝国と開戦していない。だから今は、敵ではない。わかっているが、ジルはこの皇帝の圧倒《あっとう》的な力を戦場で目《ま》の当たりにした記憶が生々しく残っているせいで、警戒《けいかい》がとけない。

そんなジルの様子がわかっているのかいないのか、ハディスはつかつかと歩いてきて、目の前にしゃがんだ。

時計の秒針の音が響《ひび》くだけの、沈黙《ちんもく》が部屋中に広がる。人並み外れた美貌にひたすら見つめられ、頬《ほお》がつらないよう頑張《がんば》っていると、ややあってハディスが言った。

「もう一度求婚してほしい」

「……はい？」

「これが夢じゃないと確かめたい」

警戒も忘れて呆《ほう》けてしまった。だがハディスはジルをじっと見つめて視線をそらさず、返事を待っている。その一途《いちず》な瞳《ひとみ》に、実家にいる軍用犬がなぜか思い浮かんだ。

（ろ、六年後とずいぶん印象が違うような……）

どうしたものか迷っていると、怪訝《けげん》そうにハディスが眉《まゆ》をよせた。

「どうして返事をしない？　……ひょっとして、まだ具合が悪いのか？」

「え……あ……わ、わたしは、どうしてここに……き、記憶が曖昧《あいまい》で」

「気絶したんだ。……まだ無理はさせないほうがいいな、失礼」

「へっ!?」

突然、抱《だ》きあげられた。そのまま有無《うむ》を言わさず、先ほどの寝台まで運ばれる。

「眠《ねむ》れないかもしれないが、横になっていたほうがいい」

丁寧《ていねい》にジルを寝台におろすハディスの動作は、気遣《きづか》いに満ちていた。

「それとも、何か軽く食べられるものでも用意したほうがいいかな。ああ、起きているならこれを。足元が冷えるだろう」

寝台のすぐそばに置いてあった室内靴《ぐつ》を手に取り、ハディスがひざまずいた。ぎょっとしたジルに、靴をはかせようと素足《すあし》を取る。さすがに悲鳴をあげそうになった。

この男は皇帝《こうてい》だ。子ども相手でも、戯《たわむ》れがすぎる。

「こ、皇帝陛下にそこまでしていただかなくても、自分でできます！」

「遠慮《えんりょ》しなくていい。僕は妻にはひざまずくんだ。じっとして――ほら、できた」

満足げに下から微笑まれ、雷《かみなり》に打たれたような衝撃《しょうげき》が全身を襲《おそ》った。

他に類を見ないような美しい男の微笑とくれば、もはやそれは攻撃《こうげき》である。撃《う》ち抜《ぬ》かれた胸をおさえてジルは内心で歯ぎしりする。

（お、男は顔じゃないとはいえ、正直、好みの顔だ……どこにも隙《すき》がない！　しかも顔だけじゃない、線が細く見えるが筋肉のつき方も姿勢も素晴らしい、全身が強い……！　どうしてこ

んな男がわたしにひざまずいて)

はっと我に返った。自分はこの男に求婚《きゅうこん》したのだ、そして――どうなったのだろう。

「あのっ……」

だが、乱暴に開かれた扉《とびら》の音がジルの質問をさえぎった。鎧《よろい》の音が響き、両開きの扉を挟《はさ》んで鎧の兵隊が並ぶ。物々しい雰囲気《ふんいき》に、膝《ひざ》をついていたハディスが立ちあがった。

「向こうも君の目覚めを待ち構えていたようだな」

「え……」

「ジル・サーヴェル! どういうことか話を聞かせてもらおうか」

挨拶《あいさつ》もなく部屋に踏《ふ》みこんできたのは、ジェラルドだった。ハディスが目に入っていないのか、荒々《あらあら》しい歩調でまっすぐこちらへ向かってくる。

「君は何を考えている。私の話も聞かずに逃《に》げたあげく――」

「ジェラルド王子。こんな小さな子をいきなり質問責めにするなんて、無粋《ぶすい》だよ」

横からハディスがわって入った。ジェラルドが冷ややかに応じる。

「失礼。ですが、ラーヴェ帝国には関係のない話です。大体、あなたの客間は別にあるはずですが、なぜこちらに?」

「婚約者《こんやく》が倒《たお》れたら心配して見にくるのは当然じゃないか」

「あなたと彼女は婚約などしていない。国王も彼女の両親も認めないだろう。それに、彼女と婚約するのは私だ。そう内々に話が決まっていたのだからな」

びっくりして顔をあげた。そんな話、聞いた覚えはないのだが——ああでもと両親の顔を思い浮《う》かべた。

（絶対に忘れてるな、お母様もお父様も……）

おっとりした両親は政治力にとにかく欠ける。だから、サーヴェル侯爵《こうしゃく》家は功績のわりに裕《ゆう》福《ふく》ではない。

しかし、婚約が内々に決まっていたなら、ジルがジェラルドを拒《こば》むのは相当困難になる。王太子であるジェラルドの面子《メンツ》を潰《つぶ》したことになるからだ。

「皇帝だからと知った顔で我が国の事情に踏みこまないでもらいたい。内政干渉《ないせいかんしょう》だ」

「内政干渉？　ただ、君がふられて悔《くや》しいという話だろう」

薄《うす》く笑ったハディスに、ジェラルドが眉を吊《つ》りあげた。ぴりぴりした空気に、ジルがはらはらしてしまう。今の時点でジェラルドはすでに武人と名高く、兵も連れている。何かあれば一対複数だ。分が悪いのは目に見えている。だがハディスは落ち着いていた。

「そんなことよりも、もっと大事なことに目を向けるべきだろう。君はいずれ、この国の王になるのだから」

「忠告はありがたく受け取っておこう。呪《のろ》われた皇帝陛下の手腕《しゅわん》では、参考にできないが」

苛立《いらだ》ちと侮蔑《ぶべつ》をこめた口調でジェラルドがやり返す。

対するハディスは、あくまで不敵な笑《え》みを崩《くず》さない。

「わかってくれたなら結構。勝てない相手に刃向《はむ》かうのは愚《おろ》かだ。君と僕では格が違う」

「言ってくれる。私を侮辱《ぶじょく》する気なら――」

ふっと目をさましたように、ハディスが金色の瞳を見開く。雰囲気が一変した。

「さがれ」

瞬間《しゅんかん》、部屋全体の重力が増した。

がしゃがしゃと壊《こわ》れるような音が響き、武器を落とした兵士が次々と膝を突《つ》く。立っていられないのだ。中には気絶したのか、卒倒《そっとう》した者までいる。

(ま、魔力《まりょく》じゃない。ただの威圧感《いあっかん》だけで……!)

圧倒的な覇気《はき》だ。正面から圧を受けていないジルでさえ、総毛立ってしまう。

その場から飛びのきたい思いをこらえながら、ハディスの横顔を見た。脂汗《あぶらあせ》をかきながらも立ったまま睨《ね》めつけているジェラルドに向けて、ハディスが手を伸《の》ばす。

「後始末は君にまかせるよ」

ハディスに肩を叩《たた》かれたジェラルドが、そのまま尻餅《しりもち》をついた。

「噂《うわさ》どおりの、化け物が……っ」

歯ぎしりするジェラルドに、ハディスは穏《おだ》やかに微笑《ほほえ》む。そうすると、空気を吸うことも許さないような重圧がいきなり消えた。ほっと息を吐《は》き出したジルを、ハディスが抱《かか》えあげる。

「すまない、驚《おどろ》かせた。場所を移そう」

高鳴りに似た高揚感《こうようかん》をおさえて、ジルは頷《うなず》く。

(やっぱりこの男、強い……!)

さぐるようなジルの視線を受けて、ハディスが破顔した。

「君は平気そうだ。やはり僕の目に狂《くる》いはない」

「あれをやりすごせなくては戦場では生き延びられ――」

今の自分は軍神令嬢《れいじょう》ではないと思い出し、はっと口をふさぐ。だがハディスは気にしていないようで、死屍累々《ししるいるい》になっている兵士の間を悠々《ゆうゆう》とすり抜け、廊下《ろうか》に出た。

「しかし、ここではゆっくり話もできそうにないな。ジェラルド王子があれで諦《あきら》めるとも思えない。……しかたないか、愛は困難をともなうって本で読んだ」

「あ、愛……いえ、本？」

「大丈夫《だいじょうぶ》だ、君に手出しはさせない」

顔がいい男が言うと思わず頷いてしまう。だが、はたと気づいた。

（……今のわたしは、十歳なんだよな？）

そしてこの男は今、二十歳《はたち》前後のはずだ。

（政治的な理由もなく大人の男性が十歳の子どもと婚約するなんて、幼女趣味《しゅみ》でもない限りありえないんじゃ……!?）

一気に頭から血の気が引くと同時に、視界が一変した。

「君の魔力が安定していないようだし、移動は船にしよう。念のため持ってきてよかった」

「は!?　え!?」

急いで周囲を見回す。先ほどまで高かった天井《てんじょう》が一気に低くなっていた。寝台《しんだい》はひとつ、小さなテーブルと椅子《いす》もある。決して小さくはないが、広くもない部屋だ。小さな丸い窓が特徴《とくちょう》的で、板張りの床《ゆか》がぎしりと軋《きし》み――いや、ゆれた。

どこかに転移した。呆然《ぼうぜん》とするジルを置いてけぼりにして、ハディスが微笑む。

「大丈夫だ、魔力で飛ばせば数時間でラーヴェ帝国の領土に入る」

えええええええとジルが絶叫《ぜっきょう》したときは船は海面をすべるように走り始め、丸い窓から見える故国の港はあっという間に小さくなっていった。


型破りな育ち方をしているが、ジルも貴族の令嬢だ。緊急《きんきゅう》事態とはいえいつまでも寝間《ねま》着《き》姿で男性の前ではいられない。

そわそわしていると、ハディスはすぐに察して船室の衣装ダンスを開いて見せてくれた。

「こんなこともあるかもしれないと思って」と説明された中には、ジルくらいの体型の女の子が着るもの――イブニングドレスからワンピース、乗馬服まで用意されていた。

絶句するジルに好きなものを着ていいと言い残し、ハディスは出ていったが、そういう問題じゃない。

(なんで用意されてるんだ⁉　まさか最初から幼女をさらうつもりでクレイトスに訪問……考えるのやめよう、怖《こわ》い)

さらわれた幼女が自分かもしれないという事実からも、目をそらしたい。

ジルが選んだのは乗馬服に似た制服だった。軍事学校か騎士《きし》学校かのものだろう。これから何が起こるにせよ、とにかく動きやすさが優先だ。革靴《かわぐつ》までひとそろえあったのでそれも拝借することにした。運のいいことにサイズはぴったりだった。

とりあえずジェラルドから逃げ出すことには成功したのだ。状況《じょうきょう》は好転している、たぶん。

だが、このままですむかどうかについてはまた話が別だ。

ジェラルドはクレイトス王国の王太子で文武両道、真面目《まじめ》で責任感が強く、その優秀《ゆうしゅう》さからすでに国政にも携《たずさ》わっており、評判だけなら現国王よりも高い。そんな男の求婚《きゅうこん》をしりぞけるために一番手っ取り早いのは、彼と同等かそれ以上の男に盾《たて》になってもらうことだ。

だから、ハディスとの婚約は、これ以上ない盾になる。わかっている——とここまで考えるとやはり、行き着く問題が一周した。

（どうなんだ。幼女趣味なのか？　変態の次にまた変態って、どれだけ男運がないんだわたしは⁉　というかこの大陸の最高位につく男は、実は変態しかいないのか！）

そして最大級の問題は、そんな男を愛せるのか、ということである。

これじゃない、あれじゃないと『次』を選《え》り好みする気はない。結局、ひととなりはつきあってみなければわからないものだ。つきあってもだまされたばかりである。

「だからって、次もハードル高すぎるだろう……！　わたしに救いはないのか！」

「もう入っていいかな」

こん、と船室の扉を叩く音がした。慌《あわ》ててジルは応じる。すると、自らティーポットとカップをそろえたハディスが入ってきた。

「酔《よ》い止めが入っている薬湯だ。飲んでおくといい」

皇帝《こうてい》にお茶を用意させてしまった。その事実にひっぱたかれたかのように目がさめる。

「あの、お茶でしたらわたしが！」

「あぶないだろう」

簡潔に言われて、ジルは気づいた。お茶を淹《い》れるテーブルが、ちょうど自分の首元くらいの高さにあるのだ。少し背伸《せの》びをしなければ、お茶を淹れられない。

「皇帝だなんて気を遣《つか》わなくていい。気楽にしてくれ。僕らは夫婦《ふうふ》になるんだ」

「き、気が早い……ですね……ま、まだ正式に婚約《こんやく》もしていないのに」

「何事も早く自覚を持つにこしたことはない。それに、これは薬湯だよ。お茶というほど形式張ったものでもない。少し苦いから、口直しにはこれを」

ハディスが手のひらを上に出した。と思ったら、何もない空間からぽんと音を立てて、小さなケーキが出てくる。雪のように真っ白なクリームのうえにたくさんの苺《いちご》がこれでもかと敷《し》き詰《つ》められ、宝石のようにつやつやと輝《かがや》いていた。

（ケーキが光ってる……！　こんなの見たことないぞ⁉）

そういえば昨夜のパーティーから――ややこしい時間感覚だが、六年後の牢《ろう》の中から何も食べていなかった。思い出したように鳴りかけた腹を押さえる。

「本当はもう少し軽いものを用意したかったんだが、あいにくこれしかなくてね」

「こ、これで十分です、むしろこれがいいです！　い、いた、いただいても⁉」

「そのために用意したんだ。さあどうぞ」

食欲にすべてを持っていかれたジルは、目を輝かせて切り分けられたケーキを頰張《ほおば》る。クリームは上品な甘さで、苺の酸味をまろやかにしてくれる。スポンジはふんわりと弾力《だんりょく》があり、口に含《ふく》むと香《こう》ばしさがかすかに残っているのがわかった。

端的《たんてき》に言うと、ものすごくおいしい。

「口にあったかな？　──ならよかった」

幸福のあまり言葉を失って首を縦に振《ふ》るだけのジルの斜《なな》め前に、ハディスが腰《こし》かける。

（生きててよかった……！　そういえばラーヴェ帝国《ていこく》の料理って食べたことないなあ）

皇帝の妻になれば、ラーヴェ帝国の料理食べ放題ではないだろうか。別に愛がなくたっておいしい食べ物があれば、案外、人生のりきれる気がする。

あっさり結婚《けっこん》に心が傾《かたむ》きかけたところに、ふと横から影《かげ》が差した。

「クリームがついている」

ハディスはジルの唇《くちびる》の端《はじ》を親指でぬぐい、あろうことかそのまま親指についたクリームをなめ取った。

ぼんっとそのまま頭から湯気が出そうになったジルだが、すぐにはっとする。

（こ、子ども相手に平然と……手が早いんじゃないか⁉）

ときめいている場合じゃない。ごくんと糖分を体に補給して、勢いよく顔をあげる。

「恐《おそ》れながら、皇帝陛下はわたしとの婚約について、どこまで本気でいらっしゃいますか」

カップを受け皿に置いて、ハディスが何度かまばたきしたあと、首をかしげた。

「質問の意味がわからない。もっと的確に言ってくれないか」

「……わたしはまだ十歳です」

「理想的な年齢《ねんれい》だ」

ぞわっと鳥肌《とりはだ》がたった。だがハディスは満足げに語る。

「十四歳未満でそれだけの魔力《まりょく》を持っている。まさに僕が追い求めてきた理想の女性だよ」

「……」

「しかも僕に求婚してきたんだ。そ、それって僕を好きだってことだよな……⁉」

「………」

「余裕《よゆう》を持つならあと二、三歳は下でもよかったが……贅沢《ぜいたく》は言わないよ。僕の完璧《かんぺき》な幸せ家族計画はこれくらいでゆるぎはしない」

「……こ、皇帝がまさか幼女趣味の変態……？　しかも、子どもの戯《ざ》れ言を真に受けて誘拐《ゆうかい》する分別のない馬鹿《ばか》だなんて……」

思わず漏《も》れ出た感想に、はっと口をふさぐ。

相手は皇帝だ。子どもでも、無礼は許されない相手だ。現にハディスは優《やさ》しい面差《おもざ》しから一変して、若干《じゃっかん》冷ややかな顔になっていた。

「……戯れ言……？」

「い、いえ、その……こ、高貴な方々にはありがちな趣味ですよね！」

「それは、求婚が嘘《うそ》だったという意味なのか？」

気にするのはそこか。

だが、ハディスは、いやまさかと、自嘲《じちょう》気味にひとりごちる。

「ありえない。この僕が子どもにだまされたなんて、そんな馬鹿な話が……」

顎《あご》に手をあてて真面目に考えていたハディスの目がこちらに向いた。

「一応、確認《かくにん》する。……あるのか？」

「……え、えぇと」

「ないのか、あるのか。どっちだ。はっきりしてくれ」

「──あのっ実は事情がございまして！　申し訳ございません、陛下のことはなんとも思ってません！　求婚は嘘です！」

沈黙《ちんもく》のあとで、ハディスがふらりとよろめいた。

と思ったら、かっと金色の両眼を見開いて、唸《うな》る。

「……ラーヴェ、笑ってないで出てこい……！」

ぶわっとハディスの肩《かた》の辺りから魔力の靄《もや》が立ちのぼった。

思わず身構えたジルの前で、白銀の魔力が白く輝く生き物へと形をとりはじめる。

（……竜《りゅう》……いや、蛇《へび》？）

正確には翼《つばさ》の生えた蛇、だろうか。不思議な形の生き物だった。

だが静かに開かれた金色の瞳《ひとみ》が、白銀に輝く鱗《うろこ》が、しなやかな肢体《したい》が、溢《あふ》れ出る魔力が、すべての者に膝《ひざ》をつかせるほど神々《こうごう》しいそれが――げらげらと笑い出した。

「ぎゃははははは！　だから言っただろーこんな都合のいい話あり得ねぇって。それをお前は浮《う》かれて真に受けて、この恋愛《れんあい》知能ゼロ皇帝が――ふぎゃっ⁉」

ハディスは、神っぽかった生き物をべしっと床《ゆか》に投げ捨て椅子《いす》から立ちあがり、腰の剣《けん》を抜《ぬ》いて振りかざす。

「今日の夕食は焼き竜神《りゅうじん》の串刺《くしざ》しだ」

「おまっもう少し労《いたわ》れよ！　国境こえてやっと出てこれたっつうのに」

「言い残す言葉はそれだけだな？」

「あーうん、お前は頑張《がんば》ったよ。紫水晶とかな、一生懸命《いっしょうけんめい》考えたよな！」

ハディスは真っ赤になって、蛇のような動きで逃《に》げ回る生き物を剣で突《つ》き刺《さ》そうとする。

「お前が口説けって言ったから……！　確実に逃がさないためには必要だと！」

「いやーでも悪くはなかっただろ、なあ嬢《じょう》ちゃん。こいつ顔だけは絶品だし」

神々しさなどかけらもない光景に呆然《ぼうぜん》としている間に、串刺しから逃げ回っていた生き物がするするとジルの足下《あしもと》からのぼってきた。ちょうど肩のあたりにちょこんとのって、ジルをじいっと見つめる。

「俺の声が聞こえてるし見えてるよな？　それに驚《おどろ》きもしねぇ。肝《きも》が据《す》わってんなあ」

「じゅ、十分、驚いてますが……」

「謙遜《けんそん》するなって。ふつー悲鳴とかあげるだろ。脅《おび》えるとか、気絶するとか」

「……僕のあの圧に耐《た》えられるんだ、これくらい当然だろう。何よりこれだけ魔力を持っていたらこんな怪奇《かいき》現象くらい、日常茶飯事《さはんじ》だろうさ」

ジルが間に入ったことで冷静になったのか、ハディスが剣をおさめる。

「怪奇現象!? 竜神を怪奇現象扱《あつか》いかよ!? これだから最近の人間は」

「あの、竜神なんですか。……竜神ラーヴェ？」

また話が脱線《だっせん》する前に、思い切って聞いてみた。ハディスがふっと嘲笑《ちょうしょう》する。

「どう見ても蛇だが、そうらしいよ」

「誰《だれ》が蛇だ、俺は竜だ！　竜神ラーヴェ様だ！」

そう言われても、翼の生えた蛇にしか見えない。

（お、おとぎ話じゃなかったのか……あの伝説……）

ここプラティ大陸の成り立ちは、愛と大地の女神《めがみ》クレイトスと、理《ことわり》と天空の竜神ラーヴェの戦いから語られる。その神の力をわけ与《あた》えられた眷属《けんぞく》が、クレイトス王族とラーヴェ皇族だと言われているのだ。神話から建国まで、人間を巻きこんで千年に及《およ》ぶ争いを、それぞれの国の子どもたちは子守歌《こもりうた》がわりに聞いて育つ。

クレイトス王国は女神の加護として魔術《まじゅつ》大国の側面を持ち、大半の国民が大なり小なり魔力を持つのが当然で、強い魔力を持つ者も多い。一方、ラーヴェ帝国は魔力を持つ者はそう多く生まれない。そのかわり、クレイトスにはいない竜が生まれる。

他《ほか》にも大地の実りの差異など細かい違《ちが》いがあるので、ジルも神話や神の存在をまるっきり嘘だと思っていたわけではない。

だが建国から千年、まさかまだ神が存在するとは思わなかった。

ジルの鎖骨《さこつ》周りをぐるりとまわり、ラーヴェが頭の上にのる。

「俺が見えて、しゃべれる。んー条件はぴったりなんだよなー。年齢は……ハディス、お前十九だっけ。このお嬢ちゃんは？」

「十歳だそうだ。九歳差だから、珍《めずら》しくもない。常識の範囲《はんい》内だよ」

「はあ⁉」

思わず叫《さけ》んだジルに、両腕《りょううで》を組んだハディスが振り返って眉《まゆ》をひそめた。

「常識だろう。僕の母は十六のとき、四十の父と娶《めあわ》せられた」

「で、でもわたしはまだ十歳でして……お、お世継《よつ》ぎの問題とか！」

「……世継ぎ」

口の中で繰《く》り返して思案したハディスが、いきなりかっと頰《ほお》を赤く染めた。

「ま、まだ出会ったばかりで子作りの話なんて、どうかと思うな……⁉」

怒《おこ》っているようだが、視線を泳がせている姿がひたすら初々《ういうい》しい。さながら初めて閨《ねや》に引きずりこまれた乙女《おとめ》のような反応に、なんだかジルのほうが死にたくなってきた。なのにハディスは身振《みぶ》り手振りで何やら一生懸命解説を始める。

「そ、そういうことは手順が大事だ。もっと話をしたり一緒《いっしょ》にお茶を飲んだり、手紙のやり取りをしたりお互《たが》いをわかりあう時間を取る必要があるって、そう書いてあった！」

「あの、失礼ですが外見と中身が合ってなさすぎませんか……」

「うーん。やっぱ本を読ませただけだと偏《かたよ》るなー」

ラーヴェを見ると、てへっと舌を出された。製造物責任者は竜神だ。

頭を抱《かか》えたくなっていると、ふとハディスの視線が落ちた。

「外見と中身が違う、か……つまり僕は、期待はずれだった、ということだろうか」

「え」

「……本当に、求婚《きゅうこん》は嘘だったんだな」

良心に突き刺さる、悲哀《ひあい》に満ちた声だった。

だがほだされるわけにもいかない。ジルはおそるおそる言い返す。

「むしろ、本気にしてはいけないことでは……わ、わたしはほら、まだ子どもですよ？」

「そうだな……いや、わかっていた。十四歳未満で、尋常《じんじょう》ではない魔力を持っていて、僕みたいな呪《のろ》われた皇帝《こうてい》を好いてくれる女の子なんて、そう都合よく現れるはずがない……やっぱり僕はだまされたのか……僕はいつだってこうだ……」

哀愁《あいしゅう》を帯びた睫《まつげ》が震《ふる》え、翳《かげ》りを帯びる。金色の瞳からは今にも涙《なみだ》が溢れそうだ。

ものすごい罪悪感がこみあげてきた。あーあとラーヴェがジルの頭の上でつぶやく。

「落ちこませた。軽々しくこいつに求婚なんてするからだぞ、お嬢ちゃん。責任とれよー」

「わ、わたしのせいでしょうか!?」

「そうに決まってんだろ。こいつは弱いんだよ、心も体も」

「ラーヴェ、彼女を責めるな。悪いのは僕だ。確かに、十歳の子どもの求婚を真に受けるなんて、どうかしている。どんなに強がってみたところで、僕にそんなしあわせがやってくるはずがないって、知ってたのに……」

テーブルに手をついて、ハディスが憂《うれ》いに染まった金色の瞳で自嘲する。

「浮かれてしまったんだ。一生かけてしあわせにするなんて言われたのは、初めてで」

言った。確かに言った。

「いや……いいんだ、ひとときのいい夢を見させてもらった。そう思えば」

「……その……わたしこそ、子どもだからと甘えて軽率《けいそつ》なことをしてしまい……」

「この借りはいずれなんらかの形で返そう。君の名前は忘れない」

やや焦点《しょうてん》のあっていない目でハディスが微笑《ほほえ》む。

「サーヴェル辺境領だな。……決して、忘れない。決してだ」

「それはどういう意味ですか⁉」

「今なら大事にはならないだろう。君はちゃんと、クレイトスに帰すよ」

金色の瞳が物騒《ぶっそう》に光って見えるのは、絶対に気のせいではない。このままでは故郷がラーヴェ皇帝に目をつけられてしまう。しかも、肝心《かんじん》なことを思い出した。

ここでそうですかと戻《もど》ったら、待っているのはジェラルドだ。

「でも本当に、嬉《うれ》しかった」

はっと顔をあげた。ハディスは驚くほど澄《す》んだ瞳で微笑む。

「ありがとう」

――ジルが求婚に頷《うなず》いたとき、ジェラルドはこんなに喜んでくれただろうか。

そしてこれから先、こんなに喜んでくれるひとが現れるだろうか。

(せ、責任は取ると決意して求婚したんだろう、ジル・サーヴェル……！)

どんなに言い訳しても、自分は裏切れない。何より自分が利用するために求婚し、いらなくなったら捨てる――それは、自分がジェラルドにされたことと同じではないか。

この皇帝は悪くない。たぶん、悪くない。きっと、悪くない。おそらく、悪くない。

――ひとり残らず殺せ。

(ろ、六年後の話だ……！　今はまだまともに見えるし、時間はある。幼女趣味《しゅみ》だの闇落《やみお》ちだの、それがどうした。どこぞのシスコンと違って、まだ疑惑《ぎわく》だ。愛だって戦争だ。今から更生《こうせい》作戦を立てて攻略《こうりゃく》すればいい、ような気が、しないでも、ないような……!?)

「残りのケーキはお土産《みやげ》に持って帰るといい」

よし、いい男だ。

「前言撤回《てっかい》します！　わたしでよければ結婚《けっこん》してください、皇帝陛下」

がしゃんと音を立てて、ハディスが持っていたカップを落とした。

「えっ……な、何をまた、突然《とつぜん》言い出すんだ」

「不安にさせてしまい、申し訳ございませんでした。それとも撤回は不可能でしょうか」

「だが君は、本気ではなかったんだろう？」

困惑《こんわく》しているハディスを、ジルはきっと見あげた。

「これから本気にすればいいのです。ケーキにくらべれば些細《ささい》なことです」

「や……やめてくれ。またそうやって、僕を惑《まど》わそうとするのは」

「わたしに二言はない！」

胸をはったジルに、ハディスが大きく両眼を見開いた。

「信じてください。あなたを必ず更生――いえ、しあわせにします。生涯《しょうがい》をかけて」

「そ、それじゃあついにできるのか、僕にお嫁《よめ》さんが……？　ラーヴェ、聞いたか!?」

「あー聞いてる聞いてる。お前もお嬢《じょう》ちゃんもおかしいって話だろ。いいんじゃねえのー、なんだっけこういうの。破《わ》れ鍋《なべ》に綴《と》じ蓋《ぶた》？」

「あの、ですがわたしがまだこの年齢《ねんれい》ですし、恋《こい》とか愛とかそういう生々しい関係は当分ナシで、形だけの夫婦《ふうふ》関係をお願いできると……えっ!?」

いきなり抱《だ》きあげられたと思ったら、ぐるぐる回されたあとに抱きしめられた。

「形だけでいい。ありがとう。大事にする、僕の紫水晶」

心の底から喜んでいるとわかる声に、ジルの頬にもつい熱がこもる。だが、すぐにハディスははっとしてジルを離《はな》した。

「す、すまない。嬉しくてつい。まだお茶をしたばかりの関係だった」

きりっとした顔で言われるとなんだか脱力《だつりょく》してしまう。

(変な男だな。いやでも、形だけでもいいって……)

　ふと冷静になったジルの手をハディスが取った。

「正直、恋も愛もわからないが、僕が本気だということは示せる」

　何かと見あげると、唇《くちびる》を手に落とされる。ぎゃっと飛びのきかけたが、口づけられた左の薬指が輝《かがや》きだして目を瞠《みは》った。ふわりと浮《う》いた小さな光輪は純度の高い魔力《まりょく》だ。

「ラーヴェ、僕の妻に祝福を」

「はいよ」

　ラーヴェがジルの頭上をくるりとまわった。きらきらと、光の粒《つぶ》が降ってくる——と思ったら、先ほどの光輪が左手の薬指にするりとはめられ、金の指輪に変わった。

「これは……？」

「竜神《りゅうじん》の祝福を受けた正真正銘《しょうしんしょうめい》、竜帝《りゅうてい》の妻になる女性——竜妃《りゅうひ》の指輪だ。目印でもある」

　指輪はハディスの瞳《ひとみ》と同じ、澄んだ金色だ。

　ジルは指輪をはずして眺《なが》めようとして、はずれないことに気づいた。

「……。あの、はずれないんですが……」

「そう簡単にはずれたら目印の意味がないじゃないか。結婚式を挙げるまで君は対外的には婚《こん》約《やく》者になるが、その指輪がある限り、これから先、何があろうと君は僕の妻。僕は君を守り抜《ぬ》くよ」

　ハディスの言葉に嘘《うそ》はなさそうだが、ジルは複雑な気分で指輪を眺めた。

(目印なぁ……特に害がないならいいが。本気だってことだし……)

でも、今度は慎重《しんちょう》にいこう。静かに胸の奥底で、ジルはそう決める。

ふとしたときに酷薄《こくはく》な笑《え》みを浮かべ、求婚を喜ぶくせに形だけの関係でよく、大事にする守ると言った口で恋も愛もわからないと言う。正直なのに、誠実ではない。

この男は決して、ジルに恋をしているわけではないのだ。

恋は目をくらませる。それをもうジルは知っている。なら、次に選んでいい男だと確信するまでは、好きにならないほうがいい。

(少なくとも、絶対、この男より先に恋には落ちない)

遵守《じゅんしゅ》すべき攻略法として、それだけは決めた。失敗を次にいかすというのは、こういうことのはずだ。

今度は恋心《こいごころ》を利用されたりなんかしない。間違《まちが》ったりしない。

唇を引き結んで金の指輪をなでていると、突然、頭上から爆音《ばくおん》が響《ひび》いた。

「なっ――」

一度ではない。二度、三度だ。ぎしぎしと船が大きく左右にゆれ、ばらばらと天井《てんじょう》から埃《ほこり》が落ちてくる。

「これ……しゅ、襲撃《しゅうげき》ですか!? まさか……」

早まった故郷の皆《みな》が、ジルが誘拐《ゆうかい》されたと追いかけてきたのではあるまいか。だがジルの頭から ハディスの肩《かた》に乗り移ったラーヴェの見解は違《ちが》った。

「ラーヴェ帝国《ていこく》に入った途端《とたん》にこれかぁ。船になんか探知するものでもしかけられてたんじゃねーの？」

「み、身内の犯行ということですか？　まさか、ヴィッセル皇太子派の襲撃……」

ラーヴェ帝国は皇帝のハディスとその兄・ヴィッセル皇太子の陣営《じんえい》で二分して政争が繰《く》り広げられているのは、クレイトスでも有名な話だ。

だが、ハディスの回答はジルの予想に反していた。

「兄上はそんなことはしない。……考える時間が無駄《むだ》だな、見にいこう」

まるで散歩に向かうようなハディスの声が聞こえた瞬間《しゅんかん》、視界が変わっていた。空と海の、真っ青な水平線が見える。甲板《かんぱん》の上だ。

真上に昇《のぼ》った太陽がまぶしい。

ただの平和な空だ。だがジルは水平線の向こうに魔力を感知していた。

(――いち、にい、さん……大した人数じゃないが……)

目を閉じて気配をさぐる。こちらに近づいているなら、魔力で目視できる範囲《はんい》だろう――そうしてさぐった海の上に、複数の影《かげ》を見つける。朝日を背にまっすぐこちらへ向かってくるのは、頭から口元まで隠《かく》す覆面《ふくめん》じみた頭巾《ずきん》と、薄汚《うすよご》れた苔色《こけいろ》の防護服を着た連中だった。金で雇《やと》われた傭兵《ようへい》が好んでするような格好だ。正規の軍隊ではない。

だが、竜《りゅう》を駆《か》って空を飛んでくるということは、ラーヴェ帝国の人間だろう。しかも綺麗《きれい》に隊列を組んでいる。

(手練《てだ》れだ。自力で飛べるほどの魔力持ちではないようだが)

数分もあればここにたどり着くだろう。

大きな的でしかないこの船を轟沈《ごうちん》させるくらい、わけないに違いない。

「あの、こちらも応戦したほうがいいのでは。この船には何人──陛下？」

ジルをかかえていたハディスが突然、片膝《かたひざ》をついた。慌《あわ》てて甲板におりたジルの前で、顔色を変えたハディスが、片手で口元を覆《おお》う。

「しまった……僕としたことが……っ」

「ど、どうしたのですか。まさか、何か攻撃《こうげき》を──」

「不用意に日の光をあびてしまった」

は、とジルは声を失ったが、ハディスは両膝をついて、大真面目《おおまじめ》に続けた。

「しかも、今日は寝不足《ねぶそく》なのを忘れて……！」

「あーそういえばおめー、昨日は薬も時間どおり飲まなかったしな」

「え、あの。ふざけてないで」

叱咤《しった》しようとしたジルの目の前で、ハディスが血を吐《は》いた。

呆然《ぼうぜん》とするジルの前で、ハディスが自らの血だまりに沈《しず》む。その指先が震《ふる》えていた。

「僕はここまでだ……ラーヴェ、この子を港に」

「あいよー」

「え」

「大丈夫《だいじょうぶ》、心配しなくていい。僕は化け物だから、置いておけば……寝《ね》て、体力を回復すればいいだけだから……」

「え」

すうっと息を引き取るようにハディスが目を閉じた。そのままがこんと変な音がして、船が動きを停《と》める。

「え、……えええええ――⁉ ちょっ、待てどういうことだ⁉」

思わずハディスの胸《むな》ぐらをつかんで、素《す》で怒鳴《どな》りつける。

「起きろ！ 敵がきてるのにどうするんだ⁉ っていうかさっき船室から甲板にじゃなく、帝国に転移すればよかったんじゃないのか⁉ この船、ひょっとしてお前の魔力で動かしてたのか⁉ まさか他《ほか》に誰《だれ》もいないのか⁉ 大事にするとか守るとか言っておいて、いきなりこの体《てい》たらくはどういうことだ‼」

「すげぇつっこみの嵐《あらし》だな」

「つっこまずにいられるか！」

いくらゆさぶっても、ハディスは死んでしまったように青白い顔で目をさまさない。そして船が停まっても誰も顔を見せなかった。しんとした静寂《せいじゃく》に、ジルは青ざめる。

海の上に、動かない船と使えない皇帝《こうてい》と竜神もどきの蛇《へび》。最悪だ。

（わたしとしたことが、情報収集を怠《おこた》るなんて……！）

ラーヴェもハディスも身内の犯行を示唆《しさ》していた。ということはこれはラーヴェ帝国内の政争だ。きちんとハディスから事情を聞けていたなら、防ぐ手立てはあったはずなのに、幼女趣《しゅ》味《み》とかケーキとか攻略法《こうりやく》だとかに目がいってしくじった。

「あー、本人の名誉《めいよ》のために解説しとくとだな。こいつが転移じゃなく船を選んだのは、お嬢ちゃんの魔力《まりよく》が不安定だったからだぞ」

「……さっきも陛下から同じようなことを言われましたが、意味がよくわかりません」

「魂《たましい》って言い換《か》えてもいい。嬢ちゃん、それは本当の姿か？」

ぎくりとしたジルに、ラーヴェが背伸《せの》びをして目線を合わせる。

「魔力も魂もその体にだんだん定着してきてるから、このままで問題はねーけど。でも不安定なときに長距離《ちょうきょり》の転移なんてしたら体と魂が分離《ぶんり》するかもしれないだろ」

「では、皇帝陛下はわたしのために転移を使わず、危険を覚悟《かくご》で……」

「いや、そりゃこいつが自己管理のなってない馬鹿《ばか》だからだ。昨日は求婚《きゅうこん》されたって浮《う》かれまくって、一睡《いっすい》もしてないし」

そうか、そんなに喜んでいたのか。喜べばいいのか呆《あき》れればいいのか、複雑だ。

「体弱いんだよ、こいつ。竜神の魔力なんて人間の器《うつわ》におさまりきるもんじゃねぇからな」

「……ラーヴェ様がそのように別の姿をとっているのは、魔力を分散させるためですか？」

「うーん、まあ色々？　ま、話はあとにしようや。俺が転移させてやるよ。でも、どいつに嬢《じょう》ちゃん預けたらいいもんかねー。こいつの周り敵だらけだからなぁ」

「待ってください。わたしがいなくなったら、皇帝陛下はどうなるんですか？」

「言ってただろ、本人が。このまま、置いてって平気だ」

正気を疑う発言にラーヴェの小さな目を見返す。

「防衛本能で動く。一面、火の海になっておわりだ。――化け物だからな、俺達は」

それは、よく知る線引きだった。

軍神令嬢《れいじょう》だから、大丈夫。さすが軍神令嬢だ、頼《たよ》りになる。知っている――本当は裏で、化け物と呼ばれていたこと。

軍神令嬢なんて、化け物の代名詞で、ジルを利用するだけ利用していたこと。

「……わたしが、なんとかします」

「へ？」

拳《こぶし》を握《にぎ》ってジルは甲板で立ちあがる。今の体で十六歳のときと同じ魔力が振《ふ》るえると考えるのは楽観がすぎるかもしれない。体だって動くかどうか。

（だがこの皇帝は、わたしを助けようとしてくれた）

今、ここで助ける理由も信じる理由も、それで十分ではないか。

ハディスを起こして、鉄柵《てっさく》にもたれかけさせ、船から振り落とされないよう鉄柵と一緒《いっしょ》にぐるぐるに縄《なわ》で縛《しば》りあげる。作業の途中《とちゅう》でふっとハディスが目をあけた。

「……なぜ、まだいる？　ラーヴェは何をして……」

「お前を助けるつもりらしいぞ、ハディス」

「心配しないでください。わたしが守ります」

ぱちり、とまばたきを返された。澄《す》んだ金色の目がまん丸になっていて、小気味いい。そういえば虐殺《ぎゃくさつ》を命じた目をこちらに向けさせたときも、誇《ほこ》らしくなった。

（うん、この目がわたしだけに向くのは気分がいいな）

だから金色の両眼に、もう一度約束する。

「しあわせにすると言っただろう？」

とん、と甲板を蹴《け》った。

ふわりと浮いたジルは船尾《せんび》へと向かう。ラーヴェ帝国《ていこく》に向かっていたのだから、向きはこのままでいいだろう。

転移というのは時間をねじ曲げる魔法《まほう》だ。時間を止めたり戻《もど》したり進めたりするような、時を動かす魔法は神の業《わざ》に近い。だから普通《ふつう》の人間には使えない。

だが――腹をくくって、深呼吸をする。

船尾を持ちあげた。思ったより軽い。これなら十六歳と同じ感覚でいける。

「せえのお！」

両手で勢いよくボールを投げるように、船をぶん投げる。風を切り裂《さ》き、海を渡《わた》る鳥よりも早く、高く、船が空を翔《かけ》る。

ハディスが甲板から滑《すべ》り落ちないか心配だったが、ちゃんと鉄柵と縄でくっついたままなのが確認《かくにん》できた。ほっとしたその瞬間、ジルの頬《ほお》を銃弾《じゅうだん》がかすめていった。

すかさず旋回《せんかい》し、いつもの動作で腰《こし》の剣《けん》を引き抜《ぬ》こうとしたジルは、それがないことに舌打ちした。

（素手《すで》か。まあいい）

目の前に飛んできた銃弾を魔力で覆った手でつかみとり、握りつぶす。

慣れた戦いの匂《にお》いだ。臆《おく》することなどない。それでこそ自分だ。

「さて、お前はわたしより強い男か？」

それは、戦場を翔る軍神令嬢の常套句《じょうとうく》。

不敵に笑ったジルは、矢の嵐に向かって突《つ》っこんでいった。

真昼の空に、魔力がきらめいている。

鉄柵に背を預けたまま、ハディスは放心状態でそれを眺《なが》めていた。

「けけっ竜帝《りゅうてい》様がいいカッコだな、縄でぐるぐるまきとかどんなプレイだよ。いきなり尻《しり》に敷《し》かれすぎだろ」

「……ラーヴェ。ひょっとして今、僕は、守られているのか？」

「そーじゃねーの？」

「……信じられない……胸が苦しい……」

「ときめきで死ぬとか馬鹿すぎるだろ。ここからが勝負だってのに」

わかっている。だからこの胸の高鳴りを止めねばと思うのだが、止まらない。どうしてしまったのだろうか。

空を舞《ま》い、自分に仇《あだ》なす敵を海へと落としていく。その戦う姿の、尊く、美しいこと。

「……だめだ、多分なんかもうだめだ。あんな子どもに……」

「お前、体調悪くなると情緒《じょうちょ》不安定になるよなぁ……がんばれー己《おのれ》にまけるなー」

「だって、ラーヴェ。全身が熱いし、ほわほわするし、ぐるぐるする……」

「えっお前まさかマジになるの？　やめろよーそれ地獄《じごく》だからさ、なんのための竜妃《りゅうひ》だよ」

「地獄……そうだな、地獄だ。こんなに胸が苦しいなんて……」

小さな背中に、しなやかな女の背中が重なって見える。あれが彼女の本当の姿だろうか。

いや、どうだっていいことだ。子どもだろうがなんだろうが、彼女ならばそれでいい。

ただ、戦場を駆《か》ける正義の女神《めがみ》のような姿が、まぶしくて見ていられない——つまり。

「これは絶対に船酔《ふなよ》いだ……」

「そっちかよ⁉」

大事にしよう。彼女は竜帝の花嫁《はなよめ》。

自分が守り抜かなければ死んでしまう、哀《あわ》れな囮《おとり》なのだから。

海面を滑った船が衝突《しょうとつ》気味に軍港にたどり着く。あがった飛沫《しぶき》と悲鳴にまぎれてハディスのもとへおりたったジルは叫《さけ》んだ。

「皇帝陛下がのっておられる船です！　何者かに襲《おそ》われて逃《に》げてまいりました！　早く陛下を治療室《ちりょう》へ！」

おそるおそるやってきた兵士が慌《あわ》てて応援《おうえん》を呼びに駆け出す。皇帝陛下、という敬称《けいしょう》のおかげですぐさま騒《さわ》ぎが伝わり、船に人がのりこんでくる。

「こ、この方が皇帝陛下？　なら、なぜ縛られて……!?」

「敵のしわざです！」

「君はいったい」

「……僕の……妻になる女性だ……」

ハディスが息も絶え絶えに答えた。ざわりと周囲がどよめく。

「ぶ、れいのないよう……婚約者《こんやく》として……僕の、紫水晶の姫《ひめ》……」

まだそれ続けるのか、と思った瞬間《しゅんかん》にハディスは気絶し、担架《たんか》にのせられていった。

「あーありゃ船酔いと寝不足《ねぶそく》と不摂生《ふせっせい》で当分目ェさまさないなー」

ばたばた行き交《か》う人々の頭上から小さな翼《つばさ》を使って、ラーヴェがジルの肩《かた》におりた。口を動かしかけると、先に忠告された。

「ひとりでしゃべる危ない女の子だと思われちまうぞ」

ジルは目を合わさないように前を向いて、声をひそめた。

「本当に、皆《みな》にはラーヴェ様の姿が見えないのですね。……声も？」

「聞こえないし触《さわ》れないだろうなー。本来の姿なら別だろうが。ま、そうほいほい見えたり聞こえたりしたら、ありがたみ薄《うす》れるだろ。これでも竜神《りゅうじん》だぜぇ」

「皇帝陛下《こうてい》についていておられなくてよろしいのですか」

「長時間は無理だけど、数時間程度なら平気だ。あの馬鹿、助けてくれてありがとうな」

「当然のことをしただけです」

ひゅうっとラーヴェが口笛を鳴らした。

「いいねそういうの、かっこいー！　子どもとは思えないとこも含《ふく》めて気に入った。やあっと見つかったハディスの嫁《よめ》さんだし、しばらく助けてやるよ、嬢《じょう》ちゃん。あの馬鹿《ばか》の嫁ってことは俺の嫁でもあるからな！」

そういうことになるのか。はあ、と気の抜けた返事をしてしまった。

「ここがどこかわかるか？」

ジルは地図を頭の中から引っ張り出す。

クレイトス王国とラーヴェ帝国で二分されているプラティ大陸は、東西を分断する霊峰《れいほう》ラキア山脈を中心に、蝶《ちょう》が羽を広げたような形をしている。西方のクレイトス王国の王都から東方のラーヴェ帝国に海で渡るには、と考えて答えを出した。

「クレイトス王国と行き来ができる港がある場所……水上都市ベイルブルグ？」

「おお、正解。よくわかったなー」

「それは、もう。『ベイルブルグの無理心中』といえば――」

言いかけて口を止めた。それはこれからの話だ。

この水上都市は燃えて消える。若き皇帝ハディスの怒《いか》りを買って。

甲板《かんぱん》を歩いていた足を止めてしまった。ラーヴェに見あげられ、首を横に振る。

「いや、なんでも……あの、ここは陛下にとってどういう場所なんでしょうか」

「それだよそれ。さっきハディス、お嬢ちゃんを婚約者だって言っちまっただろ。一悶着起《ひともんちやく》きるかもしれねえ」

質問を続けようとしたとき、船からおりるための桟橋《さんばし》の先から、甲高《かんだか》い声が聞こえた。

「では、ハディス様はご無事なのですか⁉」

「お、落ち着いてください、スフィアお嬢様《じようさま》……確認中なんです、こちらも」

なんの騒ぎだろうと思いつつ、ジルは渡り板をおりて、やっと陸に足をつける。その間にも桟橋の向こうでは、若い女性が兵士に詰《つ》め寄り続けていた。

どこかの良家のご令嬢《れいじよう》だと一目見てわかった。仕立てのいい絹のドレスは、まだ少女の面差《おもざ》しが残る可憐《かれん》な顔立ちによく似合っている。少し金の入った髪《かみ》は、ふわふわとしていて柔《やわ》らかそうだ。綿菓子《わたがし》みたいな女の子だ、と思った。

「今はどちらに？　ハディス様とお話しさせてください……！」

「そ、そう言われましても、私ごとき一兵卒ではなんとも……お父上にご相談されてはいかがでしょうか。ベイル侯爵《こうしやく》に」

「でも、でも、クレイトスから小さな女の子をつれて戻られたとさっき聞いて……私、いったいどうしたら……！」

不安でゆれる瞳《ひとみ》が、ジルを視界の隅《すみ》にとらえる。

どう反応していいかわからず立ち止まったジルの耳元で、ラーヴェがささやく。

「あれな、お嬢ちゃんの恋敵《こいがたき》のひとりだよ。スフィアってって、ここ含む付近一帯をおさめてる領主の娘《むすめ》。侯爵令嬢ってやつだ。で、ハディスの婚約者候補」

「なんっ……!?」

「ハ、ハディス様がつれてきた子どもというのは、まさか、あなたですか」

ぶるぶると震《ふる》えながら、きっと顔をあげてスフィアがジルのもとまでやってくる。だがその悲壮《ひそう》じみた顔は、すぐに悲しみにゆがんだ。

「こ、こんな、小さな子だなんて……っハディス様はやっぱり……！」

ですよね、とジルの頰《ほお》が引きつる。

だがスフィアは真剣《しんけん》だ。ハンカチを握《にぎ》りしめて力一杯《ちからいっぱい》叫《さけ》ぶ。

「あ、あなたにハディス様はわたしません！　このっ……この、泥棒猫《どろぼうねこ》ちゃん！」

それが精一杯の罵倒《ばとう》だったのか、涙《なみだ》を散らしてスフィアは踵《きびす》を返し、勢い余ってびたーんと音を立てて地面にすっ転ぶ。

「……」

「お、覚えてらっしゃい、ま、負けませんっ……！」

覚えていろと言われても、まだ何もしてないし、何も言ってない。

だが額を赤くしたスフィアは脱兎《だっと》のごとく、走っていった。たぶん、逃げた。

呆然《ぼうぜん》としたままジルはつぶやく。

「……恋敵？」

「そ、恋敵。あんまりいじめるなよー」

竜神だからって、十歳の子どもに男女の機微《きび》をわかれなんて難しい注文をつけないでほしい。

（しかしあんな可憐な女性ではなく、わたしを選ぶとか……筋金入りか、やっぱり）

更生《こうせい》の道はなかなか厳しい気がする。

嘆息《たんそく》するジルの足元を、ぴゅうっと風が吹《ふ》き抜《ぬ》けていった。

第二章 ⚜ 恋と心中、索敵開始

ジルは領主であるベイル侯爵の城に招かれることはなく、要塞《ようさい》化している港の一角に客人として軟禁《なんきん》されることになった。クレイトス王国に海で面しているため港の一部が軍港化しており、軍港にはラーヴェ帝国《ていこく》軍の北方師団がいるから、ということらしい。また、スフィアがジルの入城に反対したからとも聞いた。

ハディスが目をさまさないので、前後不覚な皇帝陛下の婚約者発言をどう扱《あつか》えばいいか現場も困ったのだろう。お嬢様のわがままを理由に、皇帝の管轄《かんかつ》にある軍港に放《ほう》りこむことでジルの扱いを保留にしたのだ。それに子どもとはいえ、ジルは皇帝が襲撃《しゅうげき》された船にのっていた他国の人間だ。まず、密偵《みってい》かどうかあやしまれているに違《ちが》いない。

漏《も》れ聞いた話によると、ハディスが本当に皇帝かどうか、そこから問題になっているようだった。ハディスはクレイトス王国から帰っていないはずだ、というのだ。予定していた帰国時期と違うことが疑惑《ぎわく》を招いたようで、帝都に確認《かくにん》中らしい。

(きな臭《くさ》いな……)

ハディスが本当に皇帝かどうかなど、スフィアに確認させればわかることではないのか。今から起こる歴史を知っていることを差し引いても、雲行きがあやしい。

だが、敵が何を考えどこに潜《ひそ》んでいるかわからない。扉《とびら》をぶち壊《こわ》し見張りを叩《たた》きのめして脱《だっ》出《しゅつ》することはわけないが、今はおとなしくしているべきだろう。

鍵《かぎ》をかけられた部屋でひとり、ジルは椅子《いす》の肘掛《ひじか》けで頬杖《ほおづえ》を突《つ》く。

「わたしも事情に詳《くわ》しいわけではないからな」

六年後のクレイトス王国では、ここで起こった事件を『ベイルブルグの無理心中』と呼んでいた。

クレイトス王国から帰国したハディスをもてなすために開かれた宴《うたげ》で、婚約者《こんやく》候補である領主の娘──スフィアが婚約を拒《こば》まれ、宴に招かれていた他《ほか》の婚約者候補たちをひとりひとり殺して回り、城に火をつけて自殺したのである。強い風にあおられて火はまたたくまに広がり、ベイルブルグは全焼《ぜんしょう》。ベイル侯爵は娘の無実と常駐《じょうちゅう》していた北方師団の怠慢《たいまん》を訴《うった》えたが、ハディスは耳を貸さず、侯爵家の人間はすべて処刑《しょけい》され、一家断絶した。

侯爵家の失態ではあるが、反逆したわけでもハディスの命を狙《ねら》ったわけでもない。皇帝《こうてい》を守る軍隊である北方師団もいた。なのにハディスは事件後、ベイル侯爵家の領土をすべて皇帝直轄地《ちょっかつち》にして、ベイルブルグを軍港都市として再建した。侯爵家断絶はやりすぎだという批判と、軍港都市化を目的にハディスが仕組んだ事件だったのではないかという憶測《おくそく》が皇太子派から噴出《ふんしゅつ》し、ラーヴェ帝国は内部の対立を深めてしまった。

その対立はクレイトス王国との開戦につながる。ベイルブルグの事件後、皇太子派がクレイトス王国に積極的に接触《せっしょく》をとってくるようになったのだ。ジェラルドの婚約者として王都で行《ぎょう》儀《ぎ》作法だの政治学だのを従軍するまで叩きこまれていたジルは、その使者を見かけたことがあるので、そこは間違《まちが》いない。

しかし、ジルが知っているのは、あくまでクレイトス王国に流れてきた情報だ。敵国の内紛《ないふん》事件は残虐性《ざんぎゃく》や非道さを煽《あお》って、戦争用のプロパガンダに改変されがちである。そもそもの情報源が皇太子派だ。ハディスにとって都合の悪い話に作り変えて伝えていることも、十分考えられる。鵜呑《うの》みにはできない。

(あんな刃物《はもの》も持てなさそうな女の子がやるとは思えないしな……泥棒猫ちゃんだぞ)

女性を見かけで判断してはならないのは六年後に学習済みなので、スフィアが無関係だとは思わない。だが、誇張《こちょう》されているか、あるいは本当は別に原因がある気がする。

まだ調べる時間があるうちに、なんとかできないものだろうか。

ハディスの帰国予定は本来、半月ほど先だったらしい。ジルの記憶《きおく》でも、ジルとジェラルドの婚約が成立したあとのラーヴェ皇帝は、なんの問題もなくクレイトス王国に滞在《たいざい》していた。

ということは、歴史的にはそのあとに起こった事件のはずだ。

「うまく立ち回れば未然にふせげるか、止められると思うんだが……」

ジルをつれて急遽《きゅうきょ》帰国してしまったので、時系列はすでに狂《くる》っている。そのうえ、ハディスがジルを婚約者として連れ帰っているのだ。同じ事件が起きるとは限らない。

だが、もし同じことが起これば、開戦の一端《いったん》になる。

ジルはラーヴェ帝国の皇帝であるハディスの妻になると決めた。ジェラルドから逃《に》げるためだが、どうせなら欲張って、故国との開戦を回避《かいひ》したい。

歴史を変えるだなんて大袈裟《おおげさ》なことを考えているわけではない。だが、開戦したら敵国出身の皇后がどんな扱いをうけるか、想像に難《かた》くない。

それに、故郷やまだ出会っていない部下達とも戦いたくはない。

（……あの未来ではやっぱり……みんな、死んだのだろうか……）

それを想像すると、胸が痛む。だが少なくとも今は生きているはずだ。

たとえもう出会えなくても、それでよしとしようと思った。彼らは自分の部下だったせいでジェラルドに始末されたのだ。だからもう、出会えないのはしかたない。

「嬢《じょう》ちゃん。元気かー？」

「ラーヴェ様」

「ほれ、差し入れだぞ」

半透明《はんとうめい》で壁《かべ》をすり抜けてきたラーヴェが、ぽんと頭の上にパイを出現させた。ぱっと顔を輝《かがや》かせてジルはそれを手に取り、さっそく口に含《ふく》む。

しっとりした舌触《したざわ》りの生地《きじ》に、砂糖で煮詰《につ》めたチェリーと苺《いちご》の甘酸《あまず》っぱさがなんともいえない芳醇《ほうじゅん》さを醸《かも》し出している。こんなおいしいものが軍港で出てくるなんて、食文化はラーヴェ帝国のほうが勝《まさ》っているようだ。

そう、ラーヴェ帝国に到着《とうちゃく》してジルが真っ先に知ったことは、食事がおいしいことだった。まず料理の品数が違う。パンひとつでも、舌触りやちょっとした香《かお》り、味が違うのだ。そしてシチューに合わせるパン、バターだけで楽しむパンと食べ方に合わせた種類があることに感動した。平べったく四角いパンに片面卵焼きとソーセージと玉葱《たまねぎ》を薄《うす》くスライスされたものが出てきたときは、これを食べるために人生をやり直したのだとさえ思った。

食材だけならクレイトス王国も豊富だ。何せ大地の女神《めがみ》クレイトスのご加護があるので、領土内のどこでもなんでも育つ。どこだろうが食うのだけには困らない、というのがクレイトス王国の豊かさのひとつだった。

だが、理《ことわり》の加護を持つラーヴェ帝国の料理はすごかった。理とはすなわち工夫《くふう》なのだ。ラーヴェ帝国では、あちこちなんでもかんでも作物が実ったりしない。だからこそ保存方法やおいしく食べるための知恵《ちえ》が生まれるのだろう。

（チェリーと苺を砂糖で煮詰めるなんて、天才なのか⁉）

チェリーも苺も、クレイトスではそのまま食べるものだ。砂糖も精製はされているが、大量生産する技術が確立していないので、簡単に使えるほど流通していない。もちろんそのままで十分おいしいのだが、こうして砂糖で煮詰めてパイにされるともう悪魔《あくま》の食べ物である。

「おいしそうに食べるなー、嬢ちゃん。軟禁されてるのとか、気にならねーの？」

幸せな気持ちでもぐもぐ頬張《ほおば》っていたジルは、呆《あき》れたラーヴェの視線に首をかしげた。

「でも待遇《たいぐう》は客人ですよ。ベッドもテーブルもある清潔な部屋ですし、お風呂《ふろ》にもちゃんと入れますし……何より三食ついているうえに、ラーヴェ様がこうしてお菓子《かし》まで差し入れてくださいますし！」

「重要なのは食欲かぁ。ハディスの見立ては間違ってないってわけだ……」

「陛下の容態はどうですか？」

「やっと聞いたな、そこ。ひょっとしてスフィア嬢ちゃんのこと、怒《おこ》ってたりするのか？」

　ぱちぱちまたたいて、ジルはパイを食べる手を止めた。

「皇帝陛下に婚約者候補や妻が大勢いるのは普通《ふつう》でしょう。わたしは皇帝陛下と出会ったばかりですし、宣言したとおり当分は形だけの夫婦《ふうふ》ですので、怒る理由はありません」

　ラーヴェは小さな目をしばたたかせたあと、妙《みょう》な笑《え》みを浮《う》かべて部屋の上を飛び回った。

「まーそう言うなって、嬢ちゃん。目をさましたときのあの馬鹿《ばか》の第一声は『僕の紫水晶は現実か!?』だったし、スフィア嬢ちゃんと顔を合わせちまったって聞いて『もうだめだ……ふられる……』とか一晩中うなされてたぞ」

　危機感を抱《いだ》くのはいいが、心が弱すぎないか。ただそれだけ気にかけられていることは、素《す》直《なお》に、まあ、なんというか。

(嬉《うれ》しい……ような気も、しないような……)

　赤い顔でパイを嚙《か》む。ラーヴェはにやにやしていた。

「でも立ち直るのも早いからなーあれは。準備万端《ばんたん》でこっちにくるだろうから、嬢ちゃんも気合い入れて出迎《でむか》えろよ。……ああ、噂《うわさ》をすればだ」

　扉の向こうで見張りの誰何《すいか》する声があがった。だがすぐに、びりっとここまで届く魔力《まりょく》の気配がして、静かになる。

おそらく見張りを眠《ねむ》らせるか気絶させるかしたのだ。ごくんとパイの最後の一口をあまり味わうことなく飲みこんでしまった。靴音《くつおと》が近づいてきて、扉を一度叩く音が響《ひび》く。

「僕だ。入らせてもらう」

「はい」

ジルは立ちあがり、ハディスの影《かげ》らしきものが見えるなり、膝《ひざ》をついて頭《こうべ》を垂れた。

（……ん？　なんかいい匂《にお》いがする気がする）

気になったが、そのまま姿勢を維持《いじ》した。色々緊急《きんきゅう》事態すぎて忘れていたが、皇帝というのは許しがあるまで顔を見られないものである。

そんなジルの出迎えに、ハディスは戸惑《とまど》ったようだった。

「君が僕にひざまずく必要はない」

「そうはいきません。あなたは皇帝陛下です」

「どうしてそう他人行儀《たにんぎょうぎ》なんだ。その……怒っているのか、僕の紫水晶。スフィア嬢の件なら誤解だ。そういう関係じゃない。僕のお嫁《よめ》さんは君でないとだめなんだ」

「……その、陛下がわたしを気遣《きづか》ってくださるのは嬉しいです」

たとえ幼女趣味《しゅみ》があったとしても、というのは今は呑《の》みこむ。

「ですが、形だけの夫婦であるならば、そういった気遣いは不要です」

変な勘違《かんちが》いは起こしたくない。

椅子《いす》に腰《こし》かけたらしいハディスは、しばし思案したあと、ぽつりとこぼした。

「形だけの夫婦でも、維持する努力は必要だろう。僕は君に嫌《きら》われたくないし、できれば好かれたい。それとも、本物の夫婦をめざすことに不都合でもあるのか？」

「い、いえ……そうではありません。それに、今はそれどころではないのでは」

「僕にとってはお嫁さんの機嫌《きげん》のほうが一大事だ。君の言っていることは本音なのか？　意外と君はこういうのに弱いんじゃないのか。靴《くつ》をはかせたとき、ずいぶん動揺《どうよう》していた」

うぐっとジルはつまる。ふっと得意げにハディスが笑う。

「やはりか。僕の読みは当たりだな？」

「違《ちが》います！　むしろああいった行為《こうい》は、今後一切《いっさい》やめていただけると……！」

「僕の作ったケーキもパイも、あんなにおいしそうに食べていたのに？」

思わず顔を持ちあげてしまった。

ハディスの顔色はよくなっていた。体調は戻《もど》ったのだろう。

だが、なぜか竜神《りゅうじん》ラーヴェの末裔《まつえい》たる皇帝《こうてい》は、その美しい髪《かみ》に三角巾《さんかくきん》を巻きつけていた。

「!?」

そのまま身を起こしてしまったジルは、ハディスの格好を上から確認《かくにん》していく。

四角く襟《えり》ぐりがあいたものは――まさかエプロンだろうか。形のいい指先を隠《かく》しているのは信じられないことに、ミトンである。どれもラーヴェ帝国《ていこく》の皇族にしか許されない、深紅《しんく》の禁色だ。皇帝が着るならば当然だろう。

いや、そうじゃない。

問題は、なぜ皇帝が三角巾とエプロンを身につけ、鉄板の上に焼きたてのパンをのせてミトンで持っているのかという、そこだ。

(いや問題以前の問題だな!?)

「やはり僕の幸せ家族計画に隙《すき》はない。さあ、君のために焼いたクロワッサンだ」

ミトン越《ご》しに差し出されたクロワッサンを、受け取ってしまった。

ふんわりとまだあたたかい。見ているだけでさくさくと鳴り出しそうな生地と、つやのある焼き目。ハディスがやってきたときから漂《ただよ》っていた、香《こう》ばしい匂いの原因はこれだ。

とても素人《しろうと》とは思えないできばえである。さすが竜神の末裔――というのは、関係あるのだろうか?

「僕は毒を盛られるのも日常茶飯事《さはんじ》だ。いちいち犯人をさがすのも面倒《めんどう》だし自炊《じすい》を始めたら、なかなか面白《おもしろ》くてこりだしてしまった。皇帝になってからも人材不足で」

「……こ、皇帝が、自炊……」

「僕の健康管理もかねていたんだが、それがこんな形で役立つとは……まさに継続《けいぞく》は力。皇帝となり材料も器具も贅沢《ぜいたく》に使える今、パンも菓子もお手のものだ。僕に死角はない」

「ま、まさか、今までわたしが食べていた、ものは……」

皇帝の手料理。

おののくが、このクロワッサンをジルは手放せない。それをとっくに見抜《みぬ》いているかのように、ハディスが薄く微笑《ほほえ》んだ。

「よければ、君の食事は僕みずから振《ふ》る舞《ま》おう」

いつの間にかジルの目線に合わせて床《ゆか》に膝をつき、三角巾をかぶった悪魔がささやく。

「夫婦円満の秘訣《ひけつ》は、まず胃袋《いぶくろ》をつかむことだそうだ。君の様子から察するに、当たっているな。たまには俗《ぞく》な本も役に立つ。――さあ、僕を好きになってもらうぞ」

だいぶ偏《かたよ》った本で勉強なさったようだが、ことジルに関しては正解だった。動けない。

「朝にはエッグベネディクトを作ろう。クレイトスにはない料理だ。卵をたっぷりかけて、分厚いベーコンをかりかりに焼いたパンに挟《はさ》む……」

「……そ、そんな朝食に、わたしは、屈《くっ》したりなど……っ」

「すぐに気が変わるさ。君の舌は、僕の味を知ってしまった。一度知ってしまえば、もう戻れないはずだ。たっぷり、僕を味わい尽《つ》くしてもらおう」

「ひ、ひわ、卑猥《ひわい》な、言い方をしないでください！　わたしはまだ子どもです！」

なんとか言い返したジルに、ハディスはきょとんとした。

「子どもだからなんだ。僕のお嫁さんだ。口説いて何が悪い。むしろ礼儀《れいぎ》だ」

「年齢《ねんれい》が問題です！　大人としての良識を」

「大人など、年齢を重ねただけの子どもだ！」

堂々と大人げないことを宣言したあと、ハディスは甘く微笑む。

「さあ、口をあけて。食べさせてあげよう。君のために作った僕の愛の形を、味を、どうか覚えてほしい。二度と、他《ほか》のものなど口にできないように」

だがどう
「や、やめ」

おいしそうなクロワッサンが迫《せま》ってくる。顎《あご》をつかまれたジルは首を横に振った。だがどうしても抗《あらが》いきれない。

香ばしく焼けたパンの匂いに、バターと砂糖の香《かお》りがまざっている。しかも焼きたてなんて反則技だ。ゆっくりと口に入ってきて、さくりと音を立てるその至福の瞬間《しゅんかん》を、どうして拒《こば》めるだろう。

「いい子だ。これで君は僕から離《はな》れられない……そう、僕らはクロワッサンで結ばれた夫婦になるんだ」

「……そん……な……」

すべて飲みこんだあとで、ジルはあとずさり、クロワッサンをつかみ返す。

「そんな馬鹿な夫婦があるか、やってることのおかしさに気づけこの変態皇帝!!」

クロワッサンをハディスの口の中に突《つ》っこんでそのまま床に沈《しず》めてやった。ラーヴェの大爆《だいばく》笑《しょう》が天井《てんじょう》から響く。ハディスの手から離れた鉄板を受け止めたジルは肩《かた》で息をしたあと、二個目のクロワッサンを食べた。

「おかしい。何が悪かったんだ」

「お前の頭だろ」

「そんな馬鹿な話があるか。僕の策は完璧《かんぺき》だったはずだ。なのに、まだ僕を好きになってくれないなんて……何がだめだったというんだ……!?」

「だからお前の頭だって。お前は黙《だま》って顔だけで勝負すりゃいいんだよ、全勝するから」

「陛下、ラーヴェ様。まともな話をする気がないのなら、出ていっていただけませんか」

テーブルの上の蛇《へび》もどきと一緒《いっしょ》に何やら分析《ぶんせき》している皇帝に、ジルは冷たく言い放つ。もはや礼儀を取り繕《つくろ》う気も失《う》せていた。

だが、ハディスは気を悪くした様子もなく、首をかしげる。

「僕の作ったクロワッサンを食べ尽くしておいて？」

「そ、それは……で、ですが今はそれどころではないでしょう!? 見張りを眠《ねむ》らせたということは、城を抜《ぬ》け出してまでここにきたんじゃないんですか。何かあったということでは」

「別に。君の顔が見たかっただけだ」

不意打ちに、ジルは遅《おく》れて顔を赤くする。

だがハディスは気づいてないようで、足を組み替《か》えて座り直した。三角巾にエプロン姿でも様になっている。

「まあでも確かに、少々、面倒なことにはなっているな。君はとっくに僕の命令で軟禁《なんきん》をとかれて、僕の看病にきているはずなんだから」

そんな皇帝命令を、ジルは聞いた覚えはない。――つまり。

「ベイル侯爵《こうしゃく》が皇帝陛下の命令を無視しているということですか？」

「表向きは従っているふりはしているよ。が、現に君はここにいるし、体調が悪くなったらどうすると心配した素振《そぶ》りで、僕と外の接触《せっしょく》を断《た》っている。帝都に迎《むか》えをよこすように言ったんだが、それも届いているかどうか」

「……まさか、反乱ですか？」

声をひそめたジルに、ハディスは冷たく笑う。

「だとしたら、呪《のろ》われた皇帝相手に大した度胸だ」

「……その、呪われたというのは……？」

「クレイトスでは聞かない話なのか？」

「陛下の周りで人死にとか争いが絶えないとかそういう、よくあるような話でしか」

ジルの言い分に、ちょっとハディスが目を丸くした。

「よくあるような話……まさか、そんな解釈《かいしゃく》をされるとは思わなかった」

「作り話と言いたいわけではないんですが、クレイトスとラーヴェはお世辞にも仲がいいとは言えないでしょう？　ですので、話半分でしか陛下のことは知りません。ちゃんと陛下の口から陛下のことを聞きたいです」

「自分の目と耳で聞いて僕を判断したい、ということか。……困るな、そういうの」

「はい？」

「僕が君を好きになっちゃうかもしれないじゃないか」

すねた口調で何を言われたのか理解したのは、自分の顔が赤くなってからだった。

「何を言っ……い、いえ、それでいいんじゃないですか⁉ 陛下はさっきわたしを口説こうとしてましたよね⁉」

「僕は君に好きになってほしいんだ。君を好きになりたいわけじゃない」

「はい⁉」

「あーあー話が進まねーから、あとにしろ。時間ないんだよ、はい説明！」

さえぎったラーヴェに、ハディスがこほんと咳払《せきばら》いをする。

もやもやしたものは残るが、この手の話題はさけたいので、ジルも聞く態勢に入った。

「僕が本来、皇位継承権からほど遠い末端《まったん》の皇子だったことは知っているか？」

それくらいの事情ならジルも小耳に挟んだことがある。

「側室だったお母様の身分が低く、兄のヴィッセル様とどちらかしか帝都に皇子として残すことを許されずに……その、陛下は辺境に追いやられたと」

説明しながらふと気づく。この皇帝《こうてい》は、母親に選ばれなかったのだ。

そのジルの戸惑《とまど》いを、ハディスは笑って肯定《こうてい》した。

「まあ、正確には捨てただと思うが。こいつが見える僕が不気味だったようでね。化け物を生んだと言われていたよ」

ハディスに目配せされたラーヴェが、小馬鹿《こばか》にしたように言う。

「先代も先々代もずーっと何代も俺が見えない皇帝だったからな」

「だが僕は見えていた。だから知っていた。いずれ、自分が皇帝になることを――いや、ならなければならないことを、だ」

　異変が起こり始めたのは十一歳の誕生日からだと、ハディスは言った。

　顔も知らない異母兄《いぼけい》――皇太子が突然《とつぜん》病死した。心臓発作《ほっさ》だった。だが、まだ皇太子にふさわしい身分の男子は大勢いた。辺境に忘れ去られたハディスに声などかかることもなく、次の皇太子が決まり、そしてまた死んだ。風呂場《ふろば》での溺死《できし》だった。

「その次の皇太子は首を吊《つ》った。皇太子になってから毎晩、女の声が聞こえると言っていたそうだ。その次は朝の洗顔中に窒息死《ちっそくし》。そうやって僕より先に選ばれた皇太子が次々と死んでいった。――毎年毎年、僕の誕生日に、ひとりずつ、贈《おく》り物のようにだ」

　絶句した。知らず、ラーヴェを見てしまう。だがラーヴェは憤慨《ふんがい》した。

「俺じゃねーぞ。別にそんなことしなくたって、こいつは皇帝になったたっつーの」

「僕は中央に信書を出したが、相手にしてくれたのはヴィッセル皇子――兄上だけだった。だが、兄上だって末端の皇子だ。僕を呼び戻《もど》せる力があるわけじゃない。むしろ僕と連絡《れんらく》を取っていることで母上が心を病《や》んで、迷惑《めいわく》をかけるだけになってしまった」

「心を病むって、実の兄弟なのに、そんな……」

　うろたえるジルが不思議に思うほどあっさりとした態度で、ハディスは話を続ける。

「だが、さすがに五年以上続くと偶然《ぐうぜん》とは片づけられなくなったんだろう。皇帝は兄上の言を受け入れて僕を宮廷《きゅうてい》に呼び戻し、皇太子に据《す》えた。そうしたらその年は、誰《だれ》も死ななかった。だがそれが決定打になって、父上は僕への譲位《じょうい》を決めた。……恐《おそ》ろしかったんだろう、僕の上に立つことが」

逃《に》げるように先代皇帝は隠居《いんきょ》を決め、命乞《いのちご》いがわりに何もかもをハディスに譲《ゆず》った。

そして弱冠《じゃっかん》十八歳のラーヴェ帝国《ていこく》の若き皇帝が誕生したのだ。

「最後に僕の戴冠式《たいかんしき》の日に、母上が自殺した。化け物のおさめる国になど住みたくない、だそうだ。これで、呪われた皇帝のできあがりだ」

言葉がない、というのはこのことだろう。何をどう言えばいいかわからないジルに、ハディスが淡《あわ》く微笑《ほほえ》む。

「もう終わったことだ。君が気にすることじゃない」

「で、ですが……陛下は、何もしてないんですよね？　何も悪くないのに、そんな」

「大丈夫《だいじょうぶ》だ。兄上がだいぶ周囲を説得してくれて、今は一応でも、平穏《へいおん》にすごせている」

「そうなん……ですか？」

「ああ。兄上はラーヴェのことも見えないけれど、信じてくれているし」

嬉《うれ》しそうに言うハディスに、ジルは別の意味で冷や汗《あせ》をかきたくなった。

(わたしの記憶《きおく》が確かなら、お前はこれからその兄上や異母兄弟を反逆やら内乱やらで処刑《しょけい》して回って、ひとりも残らないんだが……!?)

しかも、これから先、クレイトス側に情報を流すのはヴィッセル皇子だ。ジルはジェラルドと密談している本人を見たことがある。

「もちろん全部がうまくいってるとは言わない。兄上だって思うところはあるだろう。他《ほか》の兄弟にはさけられているしね。だがいつか落ち着いて話せる日がくると、僕は信じたいんだ」

まさか、そうやって信じよう信じようとして、この皇帝は裏切られ続けるのか。

そうして最後に絶望するのか。

（それ、は……）

まだ何も確定ではない。だから壁《かべ》を殴《なぐ》りつけたくなるようなやるせなさをこらえ、隠《かく》れて拳《こぶし》を握《にぎ》り、話を変える。

「……クレイトス王国ではここ数年、ラーヴェ帝国に目立った動きがなく、不思議がっていました。その原因は、陛下の呪《のろ》いにあったということなんですね」

「そうだな。毎年皇太子が死ぬせいで、優秀《ゆうしゅう》な人間もだいぶ逃げてしまった。皇帝になってからはとにかく政情の安定につとめた。だが何せ、呪われた皇帝扱《あつか》いだ。兄上がおさえてくれてはいるが、誰かが少し怪我《けが》をしただけでも僕の呪いだと騒《さわ》がれるし、一方で皇太子の連続死は最初から僕の仕組んだことじゃないかと疑われている」

辺境に追いやられ忘れ去られた皇子に、そんなことは普通《ふつう》、無理だ。だが、恐怖《きょうふ》は理屈《りくつ》など簡単に押しのける。

「しかも、兄上がまた出来のいい御方《おかた》で人望もあるから、そちらを皇帝に据えようとする動きがここ最近強くなっている。兄上の意思に関係なくね。呪いだなんだと言っておいて、喉元過《のどもとす》ぎれば熱さを忘れる、というやつだ」

「……では先の船の襲撃《しゅうげき》も、ヴィッセル皇太子やその周囲が主犯でしょうか？　もしくは他のご兄弟の暴走……」

「だが、兄上も他の兄弟も、皇族なら次々に死んでいく身内の姿を目の当《ま》たりにしている。皇太子になるのは死の宣告だと言われていたこともあったんだ。そう簡単に忘れられる恐怖ではないと思うんだが」

確かにそんな状況《じょうきょう》で皇族がハディスを廃《はい》しようとするかと言われたら、考えにくい。

「なら、まずはベイル侯爵のみを疑うべきですね」

「すまない」

考えこんだジルに、ふと陰《かげ》のある顔で、ハディスが言った。

「僕が呪《のろ》われているというのはこちらでは有名なんだが、クレイトス王国出身の君が詳細《しょうさい》を知っているとは限らなかったな。結婚《けっこん》前に説明すべきだった……とにかく浮《う》かれていて」

「どこまで浮かれてらっしゃったんですか……」

「とはいえ、呪いに関してはもう心配しなくていい。もう君がいるのだから起こらない」

「……どうしてその話に、わたしが？」

きょとんとするジルに、嬉しそうにハディスが続ける。

「詳細ははぶくが、要は竜帝《りゅうてい》に妻がいないと起こる呪いだ、と考えてくれればいい。ラーヴェの祝福を受けた花嫁《はなよめ》がいれば、おさまることなんだ」

「だったらさっさとご結婚なさったらよかったのでは……」

ハディスは十九歳、しかも皇帝だ。花嫁候補など引く手あまただっただろう。素朴《そぼく》な疑問だったのだが、ハディスは苦笑いを浮かべた。

「言っただろう。僕は辺境の皇子だった。食べ物を与《あた》えず閉じこめても飢《う》え死にもしない、化け物だぞ？　接触《せっしょく》したがる人間などいない」

しまった、と思った。だがもう口から出た言葉は戻らない。できるのは謝罪だけだ。

「……申し訳ありません、考えもなく……」

「何度も言うが、過去の話だ。気にしなくていい。そもそも、ラーヴェが見えなければ祝福も受けられないんだ。たとえ最初から皇太子として遇《ぐう》されていたとしても、ラーヴェが見える魔《ま》力《りょく》の高い女の子なんて、そうそう見つからなかっただろう」

どうしてジルが歓迎《かんげい》されたかわかってきた。ハディスの浮かれ具合も、やたらとジルに好かれようとする理由も。

（つまり、そばにいたのはラーヴェ様だけで、ずっとひとりぼっちだったのか）

幸せ家族計画、なんて馬鹿《ばか》馬鹿しい単語が今になってずっしり重みを増す。

「……陛下は理不尽《りふじん》だとは思われないのですか。その……ご家族や国や、周囲に」

「なぜ？　僕は竜神《りゅうじん》ラーヴェの生まれ変わり。皇帝になるべくして生まれ、そうなった。彼らは守るべき僕の民《たみ》であり、家族だ。それを否定することは、運命に敗北するということだ」

ゆっくりと浮かぶ皇帝の微笑は美しく、誇《ほこ》りに満ちていた。

「ラーヴェがいる。今は君もいる。負けるつもりはないよ」

未来に挑《いど》む瞳《ひとみ》に、突然、まだふさがっていない傷をひっかかれた気がした。驚《おどろ》いてまばたきを繰《く》り返す。

(いや、いくらなんでもそれは違《ちが》うだろう。落ち着け。この話をまとめると、陛下がわたしと結婚したがった理由は、呪いをおさめたかったからだ)

そう考えると合点《がてん》がいった。ついでに希望が見える。

「では、ひょっとして結婚相手は十四歳未満という条件もその呪いの関係でしょうか⁉」

「いや、絶対条件はラーヴェが見えることで、年齢《ねんれい》は安全策というか、ただの理想かな」

聞くんじゃなかった。

「だから、本当に君は僕の理想そのものなんだよ」

「そうですか……わたしは残念です……」

「だってあと三年は何も心配せず、一緒《いっしょ》にいられる」

引っかかる言い方だったが、ハディスはにこにこしているだけだ。ラーヴェを見ると、そっぽを向かれた。どちらも話す気はないらしい。

(嘘《うそ》は言ってないが、本当のことも言っていないな、これは。まだ何か事情がある)

だが今の状況に関係なさそうだ。時間もないことだし、ジルはさっさと話を変える。

「陛下の周囲に敵が多い、ということはわかりました。それで、陛下はどう対処されるおつもりですか」

「火の粉は振《ふ》り払《はら》うし、向こうがその気なら徹底《てってい》的につぶす。だが、むやみやたらに争う気はないよ。こちらに手出しさえしてこないなら、文句はない」

ジルは深呼吸して、気を取り直した。

ハディスの方針は、ジルの方針とほぼ同じだ。

「ではまず、ベイル侯爵《こうしゃく》の狙《ねら》いをつかむために情報収集が必要ですね。陛下はそのまま体調不良ということで、城で休んでいてください。そのほうが相手も油断するでしょうし、安全です。その間にわたしがなんとかします」

立ちあがったジルに、ハディスは目をぱちくりさせた。

「なんとかって、君がひとりで？　どうやって？」

「偵察《ていさつ》任務はわりと得意です。こんなこともあろうかと」

ジルは床板《ゆかいた》をはずし、こっそり隠しておいた男の子の服を取り出す。サスペンダーと小さな帽子《ぼうし》もついている。ラーヴェが呆《あき》れた。

「おいおい、どっからそんなもん手に入れたんだよ」

ジルは天井《てんじょう》近くにある通気口を指さした。

「最初の夜にあそこから一度外へ出て、軍港内にある聖堂から拝借しました。悪いとは思ったんですが、誰《だれ》かの持ち物ではなく寄付品のようでしたし……」

「ああ、あそこはよく子ども預かったりしてるからな……ってすでに偵察済みとか、嬢《じょう》ちゃん強者《つわもの》すぎだろ」

「ですが夜でしたので、軍港部分を把握《はあく》するのがせいぜいでした。でも閉じこめられてからずっとおとなしくしていましたから、今なら見張りも油断していると思います。それに、ここの軍港は正直、警備が甘いと思います。ひょっとして、貴族の次男三男あたりが名誉職《めいよ》がわりに放《ほう》りこまれただけなのでは？」

ジルの疑問に、ハディスが感心したように頷《うなず》いた。

「そのとおりだ。軍港こそ北方師団を置いているが、あくまでここはベイル侯爵の領土。クレイトスに対する共同戦線とは言っているが、それもずっと休戦状態だからね。あまり大袈裟《おおげさ》なものを置くと反感を買う」

「なら、脱走《だっそう》がばれてもそう大事にならないでしょう。失態を隠すため、もみ消す可能性もあります。わたしが子どもであることも有利に働きます。おまかせください」

ハディスは眉《まゆ》をひそめた。

「君の強さは見せてもらったが、それでも危険だ。何かあったら」

「それをいうなら皇帝《こうてい》陛下、あなたこそ危険です。本当にベイル侯爵が何かたくらんでいるなら、敵に囚《とら》われているのと同じですから。それに、なめないでください。わたしはあなたの妻です」

きりっとジルはハディスを見あげた。

「夫が危険にさらされているのに、妻のわたしが動かないなど――陛下っ⁉」

突然《とつぜん》胸をおさえてよろめいたハディスに、ジルは慌《あわ》てて駆《か》けよる。

「どうされましたか、また体調が……」

「そ、そうらしい。む、胸の動悸《どうき》が、激しくて……息が……」

「早くお休みになったほうがいいです。わたしがお送りできればいいのですが……」

「だ、大丈夫《だいじょうぶ》だ。自分で戻《もど》れる……こんなときになんだが、君に言いたいことがある」

手をハディスの両手に包みこまれた。苦しいのか眉間《みけん》にしわをよせて、あえぐようにハディスが告げる。

「今、僕は、君にありったけのケーキとパンを作りたい……！」

「本当ですか⁉　でしたらまずは一刻も早く体調をととのえてください……！」

ハディスの手を握《にぎ》り返し、見つめ合う。その様子を見ていたラーヴェが半眼になっていた。

「なんだかなー……まー話がまとまったならハディス、早く戻れよ。本調子じゃないだろ。無茶するとまたベッドに逆戻りになるぞ。転移はできそーか？」

「た、たぶん……」

立ちあがったハディスがよろよろしていて、あぶなっかしい。

だが不思議と弱いとか、情けないとは感じない。しかたないなあという、弟や子どもへ向ける目になる。放っておけないと思った。

（うん、そうだ。それだな。……九つ上だが中身は三歳差だし、そこは目をつぶろう）

どこかほっとして、ジルは微笑《ほほえ》んでハディスを送り出した。


翌日、朝から体調が悪いふりをして、ジルは布団《ふとん》に潜《もぐ》りこんだ。見張りはこちらが申し訳なくなるほど大層心配してくれて、水と薬をくれた。昼食は先に断り、寝《ね》かせておいてほしいと頼《たの》む。脱《ぬ》いだ服などを詰《つ》めこんで布団を膨《ふく》らませ、着替《きが》えたあとは通気口の中へ入った。

魔力はあまり使いたくない。平常時とはいえ、軍港だ。いくら魔力がラーヴェ帝国《ていこく》では珍《めずら》しいとしても、魔力を使える兵がいてもおかしくない。

聖堂の裏側に出たジルは、埃《ほこり》を払い、結《ゆ》いあげた髪《かみ》を帽子の中に入れ直す。聖堂で世話になっている少年、という設定だ。軍人の振る舞いはそのままジルを少年のように見せてくれるし、ベイルブルグにたどり着いてからジルの顔をまともに見《ま》ているのはスフィアと扉《とびら》の見張りくらいしかいない。脱走がばれない限りは、まず見破られないだろう。

（……そういえば聖堂に子どもがいないな？　どこかに皆《みな》で出かけているのか）

さてまずどこへ向かおうと首をめぐらせると、可憐《かれん》な声が耳に届いた。

「神父様、私は……私はどうしたらいいでしょうか……！」

聖堂のほうからだ。窓が開いているのだと気づいて、ジルはそっと背伸《せの》びをして中を覗《のぞ》いてみる。

中は礼拝堂になっていた。祭壇《さいだん》の前に神父らしき服を着た男性がおり、その前でスフィアがうなだれている。

「嫌《いや》な予感がするのです。床《とこ》に臥《ふ》せっておられますが、あの方はハディス様です。なのにどうして、皇帝ではないかもしれないなどと……お父様は何をお考えなのでしょう。何も心配しなくていいと仰《おつしや》るのですが、それでいいのでしょうか」

「ベイル侯爵はあなたのことを思っておられるのです。信じられてはいかがですか」

穏《おだ》やかな神父の回答に、スフィアがきつく唇《くちびる》を嚙《か》みしめて、うなだれた。

「……愛のない政略結婚《けっこん》だった前妻との娘《むすめ》でも、ですか……」

「あなたはハディス様の婚約者候補です。大事にしないわけがありません」

「そう……ですね。ハディス様が目をかけてくださっている間なら……でも、ハディス様は昨日、クレイトスから連れ帰った女の子とお会いになったのです」

ぎくりとしたジルの焦《あせ》りを、神父が否定してくれる。

「まさか。ハディス様は臥せっていらっしゃるのでしょう」

「ですが、そうとしか思えません！　昨日まで『僕の紫水晶はどこに』と、ずっと心配しておられて……わ、私は自分のわがままを恥《は》じたくらいです。なのに昨日からいきなり、『近づくと危険だ動悸がひどい、城で養生する』と仰るようになられて……」

「それは……その、冷静になられたのでは？」

「違《ちが》います！　恋《こい》する乙女《おとめ》をなめないでくださいっ！　ハディス様は恋に落ちかかっておられるのです！」

（いやそれはない）

しかしジルの心の声はスフィアに届かない。

「そして、今朝はお菓子《かし》作りのレシピ本を片っ端《ぱし》からお読みに……！」

それはジルのせいかもしれない。

「女性が喜ぶ飾《かざ》りや味について相談されたのです、私に！　あれは絶対に小さな女の子を想定しておられますっ……それを私に相談……こ、こんなひどい仕打ちがありますか……⁉」

「お、落ち着いて……そうだ、スフィアお嬢様《じょうさま》への贈《おく》り物かもしれません」

「そ、それは……はい……でも、ハディス様は……じゅ、十四歳未満でないと……！」

ついにスフィアがわっと床に伏せて泣き出した。

「こ、婚約の話をもう一度考えていただけないかと言う私に、十四歳未満ではないからだめだと、はっきり……ほ、他《ほか》のことなら努力もできますが、年齢《ねんれい》はっ……なぜ十四歳未満なのですか⁉　十六の私が悪いのですか⁉　し、しかもそれを聞いたお父様が、十四歳未満の女の子を宴《うたげ》に呼ぶ準備を……！」

スフィアの嘆《なげ》きを頭の痛い思いでジルは聞く。だが、いつまでもここでスフィアの愚痴《ぐち》を聞いているわけにもいかない。

申し訳なく思いながらも、そっと窓下から壁《かべ》にそって移動した。

(確かに年齢でふられると、納得《なっとく》はしがたいだろうな。なんで十四歳未満なのかと言いたくもなるか)

実際、なぜなのだろう。幼女趣味《しゅみ》の可能性をはぶき、十四歳、十四歳と考えて歩く。

クレイトス王国で十四歳といえば、天界でただの少女だった女神《めがみ》がその権能に目覚めたと伝えられている年齢だ。それにちなんで、クレイトス王国に生まれた少女は十四歳の誕生日に花《か》冠《かん》を作ってもらい特別なお祝いをする——そこまで考えて嫌な思い出が蘇《よみがえ》った。

城壁《じょうへき》から飛び降りたあの夜の、きっかけになったことだ。

（フェイリス王女の十四歳の誕生日だから、王都に戻って……やめよう、考えるの）

結局、理由は本人から話してもらうしかない。聞くのが怖《こわ》い気もするが。

「いやでも近いうちにはっきり聞いておくべきだな……でないとわたしが十四歳になったらどうするのかという問題が――」

「おい、合図はまだかよ」

「門が閉まったらだ、もうすぐだよ。静かにしろ！」

聖堂の正面に回ったジルは、漏《も》れ聞こえた声にとっさに近くの茂《しげ》みに身を隠《かく》した。そのまま聖堂前の通りを数人の男達が、どこか急ぎ足で進む。

（おかしいな……ここの軍人は貴族の子息が多いとしたら、何か）

育ちのよさというのは動きににじみ出る。歩き方がどこか粗雑《そざつ》で、少し言葉がなまっている気もした。まるで山奥の地方から出てきたようだ。

だが、着ているものは間違《まちが》いなく、北方師団の軍服だった。

「標的は間違いなくここにいるんだな？」

聖堂の扉をさす仕草に、ジルはまばたく。

「ああ、今、神父が引き止めてる。もう片方も軟禁《なんきん》されてる部屋はわかってる」

「基地内に残ってる北方師団の奴《やつ》らは」

「せいぜい十人程度って話だ。ほとんど使い物にはならねぇだろうよ」

正直、唖然《あぜん》とする以外なかった。

(ちょ……待て、だめだめすぎないか北方師団！　そんなに弱かったか!?　……ま、まさかこれをきっかけに建て直したのか……)

いや、問題は今だ。とてもまずい状況《じょうきょう》にあるのではないかと思ってる間に、門がおりたと声があがった。聖堂の扉が蹴破《けやぶ》られる。中から悲鳴が聞こえた。

「な、なんですかあなたたちは……！」

スフィアの声だ。やっぱりか、と思ってジルは頭を抱《かか》える。だがすぐ決断した。

(わたしの役目は情報収集！)

「あの、今、悲鳴が……どうしたんですか!?」

飛びこんだジルに、腕《うで》をつかまれたスフィアが涙目《なみだめ》で振《ふ》り向く。なんだこのガキは、という声と一緒《いっしょ》にジルも押さえこまれるまで、そう時間はかからなかった。


そろそろ読む本をパンのレシピに移そうとしたとき、乱暴な叩扉《こうひ》と一緒に、両開きの扉があいた。領主の城内とはいえ、皇帝《こうてい》が休んでいる部屋だ。冷ややかな目をハディスは向ける。

「誰《だれ》が入っていいと言った？」

「失礼。ですが今はそれどころではございません、陛下。軍港が何者かに占拠《せんきょ》されました」

護衛を数人つれて入ってきたのはベイル侯爵《こうしゃく》だ。うしろで手を組み、踵《かかと》をそろえて立つ姿には、元軍属の癖《くせ》が残っているようにも見えた。

「クレイトスからあなたが連れてきた例の子どもの手引きによるもの、との報告が入ってきております。軍港は門をおろされ、完全に占拠されてしまった。しかも襲撃者《しゅうげきしゃ》達は、侯爵家の娘を──我が娘スフィアを人質《ひとじち》にしている」

娘の危機を語るにしては淡々《たんたん》とした口調だ。ハディスは目だけを持ちあげ、尋《たず》ねた。

「軍港を守っている北方師団はどうした？」

「あのような腑抜《ふぬ》け共、役に立ちません。いずれにせよ軍港は敵の手に落ちた。侯爵家の私軍を向かわせます。こちらも娘の命がかかっている。文句はありますまいな」

「僕の妻をどうするつもりだ？」

ベイル侯爵はぴくりと眉《まゆ》を吊《つ》りあげた。

「妻？　密偵《みってい》ですよ。目をさましていただきたい。そしてこれを機に、役に立たない北方師団も町から出ていっていただきたい。もともと北方師団の常駐《じょうちゅう》は娘と陛下の関係があったからこそ継続《けいぞく》した事案ですからな。これは陛下の失態ですぞ」

ほんのわずかに、ベイル侯爵の口端《くちはし》が持ちあがっている。

（それが狙《ねら》いか。愚《おろ》かな真似《まね》をする）

ベイル侯爵は気位が高い。軍属あがりで精鋭《せいえい》と誇《ほこ》る私軍があるのに、平常時から北方師団を常駐させられたこと。本命の後妻の娘ではなく、前妻の娘であるスフィアのほうとハディスが懇意《こんい》になったこと。ことが自分の思いどおりに進まずに、矜持《きょうじ》を傷つけられたのだろう。

ハディスは膝《ひざ》の上の本を閉じた。

「わかった、その軍港を占拠した賊《ぞく》はまかせよう」

「最初からそうしていただきたかったですな」

「ただし、僕の妻が無実とわかった場合は、それ相応の償《つぐな》いはしてもらう」

ベイル侯爵は小馬鹿《こばか》にしたように笑った。

「ありえませんな、そのようなこと。それより陛下はご自分の心配をなさるべきだ。侯爵家の娘が陛下の失態で死んだ場合の、政情をね」

どうやら皇后になりそびれた前妻の娘は、皇帝批判の材料にされてしまうらしい。

勝ち誇った足取りで部屋から出ていく侯爵の後ろ姿を、ハディスは呆《あき》れ顔で見送った。

「ああいった手合いを見ると、恐怖《きょうふ》政治も合理的な気がしてくるな」

「俺は反対はしねーけど、嬢《じょう》ちゃんはそういうの嫌《いや》がるんじゃねーの？　船を襲撃した奴らも全部海に落とすだけで、殺してなかったし」

するりと体の中から出てきたラーヴェの忠告に、ハディスははたと気づく。

「なるほど……これが妻帯者のつらさか。恐怖政治ができないとは……！」

「で、どうするんだよ、この状況。嬢ちゃん助けにいかねーの？」

「そうしたいのは山々だが、まかせろと言われたしな……それに、僕は近づかないほうがいいだろう。心臓の具合が悪くなる」

真面目《まじめ》に言ったのに、ラーヴェに白けた顔をされた。

「マジで言ってんだもんな、これ……俺、育て方間違《まちが》えたな……」

「そんなことはない、お前は僕を立派に育てた」

「じゃあ聞くけど、ぶっちゃけ嬢ちゃんのことどう思ってるんだよ？　可愛《かわい》いとか、かっこいいとかさあ」

「どうって……意外と危険人物かもしれないなと」

ラーヴェに変な顔をされたので、言葉が足りないのかとハディスは言いつのる。

「だって僕の頭から常に離《はな》れないんだぞ？　何をするにしても彼女が気になってしまって、心臓までおかしくなる。お嫁《よめ》さんなんだ、僕だってもっと話したいし、そばにいたい。だが、そう考えるだけでも胸が苦しくなってしまうんだ。彼女は魔力《まりょく》が高いから、何か感化されて、新しい病気にでもかかったのかもしれない。倒《たお》れてしまうと迷惑《めいわく》がかかるし……」

「うん、もう病気でいいんじゃねぇかな……」

「やはりそうか。早く治さないと、彼女にケーキを作ってあげられない。おいしそうに食べてくれるのが嬉《うれ》しいんだ、本当に可愛くて」

「神って無力だな」

悟《さと》りきったことを言うラーヴェを不思議に思いつつ、ハディスは話を進める。

「だが彼女の無事は絶対だ。ラーヴェ、様子を見てきてくれないか。あれだけ戦える彼女をそう簡単にどうこうできるとは思わないが、僕が動かなければならないようなら動く」

「それだけ？　他には？」

「特にすることはない。下手に僕が出しゃばれば、功績をあげようとしてベイル侯爵が死人を出すだろう。それに、もう僕の中では終わった話だ。いくつか想定した中で一番安易な作戦でこられたが、それは僕をなめてかかっているからだろう」

ぱたんとハディスは読んでいた本を閉じる。

「裏にいるのが誰にしろ、どうせベイル侯爵自身も使い捨てられるだけの駒《こま》だ。もう少し泳がせたかったが、もう見せしめしか使い道がない。北方師団もベイル侯爵が色々骨抜《ほねぬ》きにしていたから、メスを入れる頃合《ころあ》いだった。いらないものを片づける丁度いい機会だ。最後はここが皇帝の直轄地《ちょっかつち》になって終わる。そういう茶番劇だ。軍港都市の再建案もできている」

妻に作るケーキの種類を考えるより簡単な話だ。次はパンだと、ハディスはテーブルに積み上がった本に手を伸《の》ばす。

「多少なりともまともな人間が残ればいいが、ないならないで終わりだな」

「……スフィア嬢ちゃんのほうはどうするよ？」

「助けてやってもいいが、父親のベイル侯爵は死ぬし侯爵家の取り潰《つぶ》しもありえる。となると今後の彼女は行き場もなく、不幸しかない。できる限りはしてやるが……今後のことを考えるとここで死んだほうが幸せかもしれないな」

「いっそ側室にでもしちまうってのは？　めでたく俺の祝福を受けた嫁さんができたし、もう女神《めがみ》はラーヴェ帝国《ていこく》に入ってこられない。十四歳以上でもそう警戒《けいかい》する必要ないだろ」

「入ってくる手段がないわけじゃない。それとも女神に殺されるのか操《あやつ》られるのか、ためしでスフィア嬢をそばに置くか？　父親にだけでなく、僕にまで使い捨てられるのか」

多少なりとも自分を想《おも》ってくれた女性に対して、それではあまりに情がない。

口にはしないハディスの内心に、ラーヴェはそうだなと小さく同意を返した。


鉄の手枷《てかせ》をつけられたジルとスフィアは、聖堂脇《わき》にある倉庫に投げこまれた。

「ここでおとなしくしてろ！　ったく――おい、見つかったのか、例の子どもは」

「まだだ、見張りに聞いてもわからねぇって言うばかりで」

「わ、わたくしをベイル侯爵の娘《むすめ》と、し、知ってのっ……」

スフィアの声も体も震《ふる》えている。北方師団の軍服に身を包んだ兵士が嘲笑《あざわら》った。

「もちろんご存じですよ。説明が遅《おく》れましたね。スフィアお嬢様《じょうさま》、あなたは人質です。出番までおとなしくしていてください」

「ひ、ひとじち……あ、あなた方はいったい、何が、目的で……」

「我々はクレイトスから参りました。とある少女の手引きでね」

前髪《まえがみ》をつかまれ頭をぐいと持ちあげられたスフィアが、顔をしかめる。

「ま、まさか……ハディス様が連れ帰ったあの子のことですか……!?」

「そう、なんだったか……ジル、そうジル様だ。我らがラーヴェ皇帝は子どもにだまされたんだよ、馬鹿《ばか》にもほどがあるよなァ！」

「ハ、ハディス様を侮辱《ぶじょく》なさらないでください！」

突然《とつぜん》、震えるばかりだったスフィアが声をはりあげた。

「な、何か、そう、私には想像もつかない深いお考えがあるのです！　悪いのはだましたほうでしょう、だまされたハディス様は悪くないです！　あの女の子が、そう、近年まれにみる希代の性悪女《しょうわる》だっただけです……！」

ふんと鼻で笑った兵士がスフィアを乱雑に投げ捨て、踵を返す。ジルが体全体を使ってその背中を抱《だ》き留めると、スフィアは涙目をまたたいた。

「あ、あり……ありがとう……」

「いえ」

「ごめ、ごめんなさいね。こんな小さな男の子まで、私のせいでつかまって……わ、私が十四歳未満じゃないばかりに、ハディス様が悪い女の子にだまされて……！」

しくしくとスフィアが泣き出した。だが、この状況《じょうきょう》でずいぶん落ち着いているほうだ。

（わりと肝《きも》が据《す》わってるな。怒鳴《どな》り散らしたりしないだけ、助かる）

スフィアとふたりきりになった倉庫内を、ジルはぐるりと見回す。

物はほとんどなく、がらんとしていた。天井《てんじょう》近くの高い位置に、子どもがやっと通れるくらいの小さな窓がひとつある。出入り口は、先ほど男が出ていった鉄製の扉《とびら》だけのようだ。窓から差しこむ日の光しかなく、倉庫内は昼間だというのに薄暗《うすぐら》い。

ジルが逃《に》げるだけならわけないことだ。だがスフィアを連れてとなると、人手が欲しい。あとは敵の数と情報も欲しかった。

（わたしを密偵に仕立てあげようとしているのはわかるんだが……敵のシナリオをちゃんと確《かく》認《にん》しないと、裏をかけない）

あいにくジルが軟禁《なんきん》部屋から脱走《だっそう》していたため、スフィアと一緒《いっしょ》に捕《と》らえられなかった。そのせいで現場は混乱しているのだろう。

スフィアもさっきの男達もジルを少年だと思っている。正体を明かすのはまだ先でいい。今のうちにスフィアと情報を共有すべきだ。

「スフィア様。今日はどうしてこちらに？」

「えっ……お、お父様が……ハディス様のことについて神父様に相談してはどうかって礼拝をすすめてくださって……馬車も出してくださって……」

「そういえば護衛はどうされたんですか？　侯爵《こうしゃく》家の令嬢《れいじょう》でしたら礼拝といえど、聖堂まではついてきたでしょう」

「……みんなつかまってしまったのかも……。あ、あなたは、冷静ね。怖《こわ》くないの？」

いつの間にか泣きやんだスフィアが、じっとジルを見ていた。自分の態度がいかに子どもらしくないか気づいたが、さすがにこの状況では取り繕《つくろ》えない。

「ええ……まあ、その。修羅《しゅら》場《ば》慣れしてるので……」

「そう……私はだめね、うろたえてしまって」

「そんなことはないですよ。十分、しっかりしてらっしゃると思います」

「気を遣《つか》わなくていいわ。私ひとりじゃ泣いてばかりだったと思うし……でも大丈夫《だいじょうぶ》、きっとお父様とハディス様が助けにきてくださるから……」

「……つかぬことをおうかがいしますが、どうしてそこまで皇帝陛下を信じてらっしゃるのですか。その……婚約《こんやく》者候補だとは聞きましたけど……」

スフィアはまばたきをしたあと、苦笑いを浮《う》かべた。

「……私はね、竜《りゅう》が好きなの」

竜、とジルは繰《く》り返す。竜は天空を守護する竜神《りゅうじん》の加護があるラーヴェ帝国でしか生まれない。ジルも戦場でしか竜にお目にかかったことがない。

(……ひょっとして今なら、わたしも竜に会えたりのれたりするのか⁉)

つい思考がそれそうになったジルに、すっとスフィアが遠くを指さす。

「ここからもっと北東に、ベイル侯爵家の別邸《べってい》があるのだけれど……そこには竜が集まる場所があるのよ。母が早くに死んでしまった私はそこで育ったの。屋敷《やしき》に居場所がなかった私は、よく竜が休んでいる場所に逃げたわ。そこならいじわるな家庭教師もさがしにこない。父親に見捨てられた娘だと馬鹿にされることも笑われることもないから……」

クレイトス王国に竜がいないのでジルは生態に詳《くわ》しくないが、危険なのではないか。顔に出たのだろう、スフィアがいたずらっぽく笑った。

「竜が危険な生き物だというのはわかっていたわ。竜神ラーヴェ様の使いだもの。でも、小さな子どもだった私に、話しかけてくれたのよ」

「話すんですか、竜が⁉」

「言葉がわかるわけじゃないの。挨拶《あいさつ》とか、あぶないとか、本当に些細《ささい》なことをなんとなく感じるだけ……でも私の話を聞いてくれている気がして嬉しくて、毎日竜とお話ししていたら、竜としゃべる頭のおかしな女だと噂《うわさ》が立ってしまって……」

どよんといきなりスフィアの目がよどんだ。

「皆《みな》から完全に遠巻きにされて、もうお嫁《よめ》にもいけないとばかり思っていたわ……でも！　その噂を聞いて、私にぜひ会いたいと皇帝《こうてい》になったばかりのハディス様が仰《おっしゃ》ってくれたの」

その日から扱《あつか》いが劇的に変わったのだとスフィアは嬉しそうに語った。

ハディスに会わせるのならとベイル侯爵はスフィアを本邸《ほんてい》に呼びよせ、支度《したく》をさせた。今まで頑張《がんば》ってきた礼儀《れいぎ》作法や淑女《しゅくじょ》としての教養が、やっと役立てられる。後妻の継母《ままはは》や異母《いぼ》妹《まい》は相変わらず冷たかったが、スフィアが侯爵家に貢献《こうけん》できるとわかれば、少しは関係も改善されるかもしれない――。

「私、頑張ってハディス様におつかえしようと思ったわ。でも、皆をさがらせたハディス様に尋《たず》ねられたの。君は僕の肩《かた》に何か見えるかって」

――きっとラーヴェが見えるのではないかと、ハディスは期待したのだろう。

「私、何も見えなかったの。わかったのはその見えない何かが、とてもハディス様を心配していることくらい。だから正直にそう答えたわ。でも、それがいけなかったのね。戻《もど》ってお父様にその話をしたら、怒《おこ》られてしまった。どうして見えると言わなかったんだって」

「……でも、それでは皇帝陛下に嘘《うそ》をつくことになるのでは」

「そうね。でも、お父様が言うには、ハディス様は婚約者候補の女性と会う際には必ず尋ねるクイズみたいなものだったんですって。見えるって言わないのは不正解だと怒られて……支度金や今まで育ててやった分の金を返せと言われたわ。高級娼婦《しょうふ》にでもなれば稼《かせ》げるって」

ジルの中でベイル侯爵が八つ裂《ざ》きにしていい男に分類された。

傷ついた様子もなく苦笑いを浮かべているスフィアが、痛々しい。

「でもそれをたまたま通りかかったハディス様に見られてしまって……私のことをお茶友達にしたいってかばってくださったの」

ハディスは誰《だれ》も婚約者を選ばなかった。となると、たとえお茶友達扱いでも、スフィアは女性達の中で一歩抜《ぬ》きん出た存在になる。ベイル侯爵も無下にはできず、スフィアは帝都のベイル侯爵家の屋敷に住むことになった。

「陛下はお忙《いそが》しい方だったけれど、私の扱いが悪くならないよう一ヶ月に一度、必ずお茶をご一緒してくださったわ。とてもおいしいケーキやクッキーを用意してくださって」

まさか手作りか、と思ったが話に水を差すのは控《ひか》えた。

「でも、婚約はできないと仰った。婚約者にすれば私が危ないと」

「危ないって……その、他《ほか》の婚約者候補に嫌《いや》がらせをされるとかそういう？」

ふるふるとスフィアは首を横に振《ふ》った。

「呪《のろ》いよ。……皇太子が立て続けに亡《な》くなったことを、あなたは知ってる？」

「話には聞いております」

「そう。私はずっと地方にいたせいで、陛下の呪いについて詳しくは知らなくて……初めて聞いたときは恐《おそ》ろしいとは思ったわ。でも、いつも陛下はとてもさみしそうだった。ご兄弟にもさけられて。しかたないって言ってらっしゃったけど……お優《やさ》しい方なのに……」

「だからお茶友達をやめなかった……スフィア様は勇敢《ゆうかん》ですね」

　こんな女の子がたったひとりで呪われた皇帝と対峙《たいじ》するなんて、勇気がいっただろう。スフィアは目を丸くしたあとで、薄汚《うすよご》れた倉庫の床《ゆか》に目を落とした。

「そんなことはないと思うわ。私は陛下のお茶友達でなくなれば、お払《はら》い箱。それが嫌だっただけだから……」

　ふわふわしているだけかと思ったら、ちゃんと自分の置かれた状況をよく見ている。

「陛下はそんな私の下心もすべて承知でお茶会を続けてくださった。私が変死でもしたら、陛下のせいになるのに。そのほうがよほど、勇気がいることじゃないかしら」

「……そうですね」

「だから私、陛下のお力になりたいと思ったの。クレイトス王国に行く前に、思い切って告白したわ。私を陛下の妻にしてくださいって。そうしたら……君には誠実でいたいから、と言ってくださって……じゅ、十四歳未満でないとだめだとはっきり言われて」

　これまでのいい話を台無しにする発言である。思わずジルもそっと目をそらした。

「き、きっと私を傷つけないための冗談《じょうだん》だと思っていたら、クレイトスから本当に小さな女の子をつれてお戻りになってっ……しかも今回の騒動《そうどう》はその子が原因だったなんて、陛下をこれ以上の悪評からお守りするには、私はどうしたら……⁉」

「お、落ち着いてください。それよりも今をどうにかしないと」

「そ、そうね……そうだったわ、ごめんなさい取り乱して……」

目尻《めじり》の涙《なみだ》をぬぐって、スフィアが唇《くちびる》を引き結ぶ。それを見て、ジルは苦笑《くしょう》した。

いい子だ。できるなら助けてやりたい、と思った。

だが、父親のベイル侯爵は黒だ。

(神父も黒だったしな……娘《むすめ》を捨て駒《ごま》か)

スフィアとふたりで脱出《だっしゅつ》したとしても、逃《に》げた先でスフィアの誘拐《ゆうかい》犯か殺害犯にされかねない。確実にジルが無実だという状況《じょうきょう》に持っていくには、ベイル侯爵の陰謀《いんぼう》を白日のもとにさらすしかない。言い逃《のが》れができないよう、大勢の目にあきらかな形で。

(陛下の力を借りれば、痛くもない腹をさぐられる。……わたしだけでどこまでやれるか)

こちらの利は、手引きした裏切り者としての役を割り当てられたジルがまだつかまっていないことだ。そこに勝機がある。

だが、スフィアを守りながらとなると——せめてもう少し、人手が欲しい。

「ここに入ってろ！　手間をとらせやがって……！」

「ちょっと汚《きたな》い手でさわんないで、汚《よご》れちゃう——きゃっ！」

「フン、笑わせる。たったふたりに手間取るお前らが無能なだけだろうが」

鉄製の扉《とびら》が開き、一人目が悲鳴と一緒《いっしょ》に倉庫の中に蹴《け》り飛ばされ、二人目は殴《なぐ》られて尻餅《しりもち》をついた。三人目は、ぽいっと物のように投げ入れられジルの足元まで転がった。なぜかその手に脱走《だっそう》前に着ていたジルの上着を握《にぎ》っていて、ジルはぎょっと目を剝《む》く。

（部屋の見張りだった兵士！　まずい、顔を見られたら……！）

と思ったが、見張りの兵士は目を回している。ほっとした。

「おとなしくしてろよ！」

捨て台詞《ぜりふ》と一緒に鉄製の扉が閉まる。最初に倉庫に放《ほう》りこまれたふたりが、のそりと上半身を起こした。

「完全に主犯扱いだな。お前のせいだぞ、この馬鹿《ばか》」

「アタシのせいじゃないわよ、あんたが暴れるから利用されちゃったんでしょ！」

「……ジークに、カミラ？」

それは、六年後死んだと聞かされた部下の名前だった。

呆然《ぼうぜん》とつぶやいたジルに、ふたりが振り向く。

「なんだ、この子どもは。知り合いか？　カミロ」

「うっせぇ本名で呼ぶな的にすんぞ。あ、やだごめんなさぁい。大丈夫《だいじょうぶ》よ、アタシは優しいカミラお姉さん！　こっちはジーク。でも……うぅん、知らない子ねぇ。ごめんなさい、どこかで会ったことあったかしら……あらやだ、どうしたの、泣いてるの？」

顔を手で覆《おお》ったジルを、カミラが心配そうに覗《のぞ》きこむ。記憶《きおく》より若々しいが、右の目尻にある泣きぼくろの位置が同じだ。

「やだーあんたのせいよジーク。あんたが怖《こわ》い顔してるから脅《おび》えてるじゃない。うしろのお嬢《じょう》さんも顔面蒼白《そうはく》になってるし。どうにかなさいよ」

「知ったことか。この顔は地だ」

口調は突《つ》き放しているが、どこか気まずげにジークがそっぽを向く。記憶より背が低い気がした。でもいつも気難しげに刻んでいる眉間《みけん》のしわが、変わらない。

ああ、とジルは笑いに似た息を吐《は》き出す。

(そうか。わたしは……まだ何も奪《うば》われてないんだな)

これからだ。——六年前に巻きもどって初めて、心の底からそう思った。

第三章　ベイルブルグ軍港奪還戦

「ほら泣かない泣かない。このお兄さん嫌みっぽくて上から目線で粗野《そや》だけど、ただのツンデレで難しいこと考えられないから盾《たて》に便利よ！」

「オイ、本気で斬《き》り捨てるぞ、そこの男女」

「蜂《はち》の巣にしてやるからそこ座れ」

「ほぉ、手を縛《しば》られたこの状況でどうやってだ？」

「それはてめぇも同じだろうが、この戦闘狂《せんとうきょう》」

六年後と同じように喧嘩《けんか》を始めたふたりに、ジルは呆《あき》れる。喜びを噛《か》みしめている場合ではないと、顔をあげた。

今のふたりは部下ではないから、命令はできない。だが、スフィアがさっきから脅えて硬《こう》直《ちょく》している。

「やめてください、ふたりとも。スフィア様が脅えています」

「フン、それがどうした。ガキは黙《だま》って――」

すっと立ちあがったジルは、自分の両手首にはめられた鉄枷《てつかせ》をその場で引きちぎった。

しんとその場に静寂《せいじゃく》が満ちる。

「まずお互《たが》いの情報をすりあわせましょう」

「おい待て、涼《すず》しい顔で何をやったお前⁉ 手品じゃないだろうな⁉」

「……魔力《まりょく》を持ってるのね、あなた。ってことはクレイトス王国からきたのかしら？」

冷静なカミラに、ジルは正直に頷《うなず》く。

ラーヴェ帝国《ていこく》で魔力を持つ人間はそう多くない。逆説的に魔力を持った人間はクレイトス王国出身が多い、ということになる。

「おい……ってことはこのガキ、例の」

「あなたたちは、北方師団に勤めている兵士であっていますか？」

ジークとカミラ、そしてまだ目を回している見張りの兵士の制服を見て、ジルは確認《かくにん》する。

「そうよ、なりすましじゃなく本当の兵士。この騒《さわ》ぎ、北方師団もやばいやつよねェ……あなた、今どういう状況かわかる？」

「敵は北方師団の兵士になりすまして潜入《せんにゅう》、軍港を占拠《せんきょ》し、ベイル侯爵《こうしゃく》家のスフィアお嬢様《じょうさま》を人質《ひとじち》にしたところまでわかっています。そうですよね、スフィア様」

「は、はい。あ、私、スフィア・デ・ベイルと申します……」

ジルに確認を求められ、スフィアが頭を軽くさげる。カミラがジルを見て笑った。

「ちっちゃいけどしっかりしてるじゃない。でも、アタシたち北方師団を嫌《きら》ってるベイル侯爵のお嬢様が、北方師団が警備する軍港で敵襲《てきしゅう》に巻きこまれて人質ね。あらやだ、詰《つ》んでる」

「つ、詰むって。これは、クレイトスからきた女の子の手引きだって……」

「そこからあやしいだろうが。賊《ぞく》を手引きしたっていうガキを賊がさがしてるんだぞ。そこの見張りの話を信じるなら、だがな」

「ど、どういうことですか」

「う……」

スフィアの疑問に答える前に、床《ゆか》に転がったままの見張りの兵士が身じろぎする。目をさましたらしい。

「ここ……は……はっ、あの女の子はどこに⁉ どうして上着だけになって⁉」

「あらいいタイミングで起きたじゃない。見張りクン、アタシたちのこと覚えてる？」

「あ……はあ、あなた方は騒ぎを聞きつけて、助けにきてくれた……」

見張りに顔を見られないよう、ジルはそっとスフィアの隣《となり》に移動した。

「あの……つまり、どういうことですか？ 私達をここに閉じこめた賊達が、手引きした女の子をさがしてる……？」

「起こり得る結果を考えれば簡単よ。襲撃者《しゅうげき》はまず北方師団になりすまして入りこみ、ベイル侯爵のお嬢さんを人質にとって、軍港に立てこもった。きっとベイル侯爵家の私軍が動くでしょうね。ここまではお嬢様でも戦闘狂でもわかるわね？」

「余計な一言をつけないと説明できない病気か、お前は」

「で、見事ベイル侯爵の私軍が賊を討《う》ち取ったら？ 役立たずの北方師団は価値なしと判断されて、ベイルブルグから引きあげることになる。しかも皇帝《こうてい》陛下の連れてきた子どもが手引きしたなら、北方師団の失態もあわせて陛下の大失点よ。運良く、侯爵令嬢《こうしゃくれいじょう》が死んだ日には、しばらくはベイル侯爵の天下になるかもね」

さっとスフィアが顔色をなくした。ジークがそれを鼻で笑う。

「娘《むすめ》は尊い犠牲《ぎせい》か。お貴族様が考えそうなことだ。……胸くそ悪い」

「同感。でもそれが侯爵の立派な働きによるものならまだいいのよ。問題はそこじゃない。アタシたちが見張りクンの悲鳴を聞いて駆《か》けつけたとき、軟禁《なんきん》部屋の中に密偵《みってい》の女の子はいなかった。敵も大慌《おおあわ》てで、見張りクンに女の子はどこだって尋《たず》ねてる有様だった。そうよね？」

「は、はい。敵は私にいったいどこへ行ったのかと何度も尋ねて……ですが私もさっぱり、気づいたらこの状態で」

ジルの上着をひろげて、見張りの兵士が首をかしげる。カミラが肩《かた》をすくめた。

「つまり女の子の手引きは敵の嘘《うそ》なんでしょ。でも、女の子が手引きしたと嘘をついても賊になんの得もない。つまり賊のうしろに誰《だれ》か指示をした人間がいる。なら誰が賊を手引きしたのかしら。この場面で、最後に得をすることになっているのは……？」

「お父様……」

呆然とスフィアがつぶやく。ジークが「言い方」と靴《くつ》の先でカミラを小突《こづ》いたが、カミラは意味深に笑うだけだ。見張りの兵士が、何度かまばたいて確認する。

「では、我が北方師団も利用されたということですか？」

「今日はやたら警備が手薄《てうす》だった。つまり、貴族の坊《ぼっ》ちゃん方は買収されたんだろうよ。残ってるのは後ろ盾《だて》のない平民組ばかり。内部から見れば、あからさまに恣意的《しいてき》だ」

「今は例の女の子が見つからないって騒ぎで、アタシらみたいに捕《つか》まるだけですんでるかもしれないけど、いずれそっちも殺されるでしょうね。生かしておく理由、ないものねー」

ジークとカミラの言に見張りの兵士はうなだれる。どっかりと座りこんで、ジークが声をあげる。

「ベイル侯爵の軍がきたどさくさで国外逃亡《とうぼう》でもするしかないな」

「こ、皇帝陛下に事実を申しあげればいいのでは⁉」

「無理よ。見張りクン、こんな貧乏《びんぼう》くじ引いたってことはあんたもアタシたちと同じ平民組でしょ？　誰が聞いてくれるの。北方師団の死体に参加するだけよ」

「わ……私が、聞きます」

スフィアの言に、ジークとカミラが静かな目を向けた。それは貴族という特権階級に対する疑いの眼差《まなざ》しだ。人のよさそうな見張りの兵士でさえ、不安げにしている。

「だから助けろってなら無理な話だ、お嬢様。この状況《じょうきょう》じゃ俺達も生き残るのに手一杯《ていっぱい》でね」

「そ、そうではありません。皆《みな》さんは、どこかに隠《かく》れてください。こ、国内がだめなら国外でもいいです。わ……私は、そう、皇帝陛下のお茶友達ですから」

目を丸くする三人に、つっかえつっかえ、スフィアが説明する。

「私はそう簡単には殺されないはずです。密偵の女の子が見つからないならなおさら、被害者《ひがいしゃ》である私の証言が必要でしょう。どうにかして、事実を皇帝陛下に伝えます。陛下はこんなこと、捨て置く方ではないです」

「でもねえ、北方師団のお咎《とが》めは免《まぬが》れないでしょ。蜥蜴《とかげ》の尻尾《しっぽ》切りもありえるわ」

「でも、ちゃんと話せばわかってくださる方です。誰も、あの方と話そうとしないだけなんです。私がお話しして、皆さんは何も悪くないことをわかってもらいます。ですので逃《に》げる際は、私を置いていってください」

誰が見ても無理をしているとわかる顔で、スフィアが微笑《ほほえ》んだ。

ジークとカミラが、息を呑《の》む。見張りの兵士も両目を見開いていた。

スフィアは、自分が足手まといだから置いていけと言っているのだ。

（……ああ、ひょっとしてジークとカミラがラーヴェ帝国を捨てた原因は、彼女か）

あの六年後の世界で、スフィアは死んでいる。多少事件の中身は変わっているだろうが、北方師団の失態を狙《ねら》ってベイル侯爵が何か事件を起こしたのだろう。ジークとカミラはそれに巻きこまれた。ふたりとも聡《さと》いから、ベイル侯爵の狂言《きょうげん》を疑ったに違《ちが》いない。そして、経緯《けいい》はどうであれ、スフィアは今と同じようなことを言ってふたりを逃がした。

だが、彼女の言は父親に受け入れられなかった。それどころか、皇帝陛下の婚約《こんやく》者候補を殺して回るという罪を着せられ自死させられたのではないか。あげく自分で殺しておきながら娘は無実だと責任をとれと厚顔無恥《こうがんむち》にベイル侯爵が言ってのけたなら、ハディスがベイル侯爵家の断絶という苛烈《かれつ》な制裁にまで踏《ふ》み切ったのも理解できる。

そのあとジークとカミラはクレイトス王国で傭兵《ようへい》になり、ジルと出会った。つまりふたりはラーヴェ帝国に戻《もど》らなかったのだ。ふたりともクレイトス王国にきた経緯をあまり語らなかったが、もしこれが原因なら当然だろう。

自分達を無事逃がすためにたったひとり残った少女が、汚名《おめい》を着せられて死んだ。助けることはできなかった。そんな話、自分が情けなくて口にしたいものではない。

ただの想像だが、そうはずれていない気がした。

「そんなことをしなくても、全員、助かる手はあります」

全員がジルを見た。ジルは見張りの兵士に声をかけた。

「見張っていた女の子の顔を覚えてますか？」

「わかります。あっ――わかりました、その子をさがして証言してもらう⁉」

「さがす必要はありません」

かぶっている帽子《ぼうし》を脱《ぬ》いだ。ピンを引き抜《ぬ》いて首を振《ふ》ると、髪《かみ》が流れ落ちる。見張りの持っている上着を奪《うば》い取って、袖《そで》を通した。

ぽかんとそれを見ていた見張りの兵士とスフィアが、同時に叫《さけ》んだ。

「あー⁉ ど、どこに逃げたのかと思ったら！」

「あ、あの、あのときの、ハディス様がつれてきた女の子……！」

「やっぱりね、女の子だと思った」

「まあそうだろうな。クレイトスからきたガキがそう何人もいるわけがない」

ジークとカミラは驚《おどろ》くよりもすっきりしたという顔だ。

ジルはぐるりと周囲を見回す。

「ジル・サーヴェルといいます。お祭しのとおり、わたしが密偵扱《みっていあつか》いされてる子ども。つまりわたしもあなたたちと同じ、はめられた側です。でも、敵はまだわたしに気づいていません」

ジルは座りこんでいるジーク達に振り返る。ぎりぎり、見おろす目線の高さだ。

「これは勝機です。策も単純明快でいい。囚《とら》われている他《ほか》の兵士たちを助け、スフィア様を守り、賊から軍港を取り戻します」

「……被害者のスフィアお嬢様を助け、軍港を取り戻すことであなたの密偵疑惑《ぎわく》を晴らすってわけね」

「それだけではありません。ベイル侯爵《こうしゃく》の私軍がくるまでにスフィア様を守って軍港を取り返せば、北方師団も汚名返上ができるでしょう。その状況なら誰がわたしに密偵疑惑をかけようとしたのかも、必ず問題になります。そうすればベイル侯爵も簡単にもみ消すことはできません。——ですがスフィア様、要《かなめ》はあなたです」

「は、はひっ？」

スフィアが動揺《どうよう》しきった声をあげた。ジルはスフィアの前で片膝《かたひざ》をつき、大きな瞳《ひとみ》をじっと見すえて、言い聞かせる。

「どんな原因であれ、あなたが死ねば、そこを必ずベイル侯爵はついてくる。だからわたしは、あなたを守ります」

「あ、あなたが、私を、ですか……？」

「はい。ですがあなたには、お父上を告発していただくことになります」

さっとスフィアの顔が青ざめた。

「できますか。できなければあなたもいずれ、始末されます」

できないなら、スフィアを助けても無意味だ。覚悟《かくご》を決めてもらわねばならない。

スフィアは取り乱さなかった。悲壮《ひそう》な決意をした顔で口を動かす。

「ひとつだけ……確認《かくにん》していいですか」

「わたしで答えられることであれば」

「ど、どうして私を助けるんですか？　私はあなたの恋敵《こいがたき》のはずです！」

「わたしは今のところ陛下に恋《こい》をする予定がないので、スフィア様の恋敵ではありません」

「えっ」

スフィアのほうが呆《ほう》けた顔になった。

ここのしこりをのぞいておかねばあとあと面倒《めんどう》になるので、ジルは丁寧《ていねい》に説明する。

「わけあって婚約《こんやく》……というかもう結婚したようですが、それはそれ、これはこれです。形だけの夫婦《ふうふ》です。恋愛《れんあい》感情は互《たが》いにありません。むしろ皇帝《こうてい》陛下がわたしに――十歳の子どもに恋愛感情があったら問題では？」

「じゃ、じゃあハディス様は……何か深い事情があって、あなたを……？」

そういうことにしておこうと、はっきり答えずに誤魔化《ごまか》す。カミラが笑い出した。

「か、形だけの夫婦って、最近の子どもはすごいこと言うのね!?」

「おい。ならお前が皇帝陛下に直訴《じきそ》しても、信じてもらえないんじゃないのか」

「そ、そうです。あなたがハディス様を裏切る可能性だって……」

「形だけであっても、互いにそれぞれを選んで夫婦になった理由があります。皇帝陛下はわたしを手放さないはずです」

呪《のろ》いをふせぐため、ハディスにはジルが必要だ。ジルはジェラルドとの婚約を回避《かいひ》するためにハディスが必要だ。

「それに、しあわせにすると約束しましたので」

「……ハディス様を？」

「はい。ですから、わたしはスフィア様と同じ、陛下側の人間です。それを信じていただけませんか」

スフィアは苦痛をこらえるような顔で黙《だま》る。迷わせてやれる時間はあまりない。

だが、ジルは待った。ジークもカミラも、見張りの兵士もせかさない。

父親を告発するのだ。それが正しい行いだとしても、葛藤《かっとう》があって当然だ。ここで迷わない人間のほうが信用ならない。だが、決断できない人間も助けられない。

そしてスフィアは、重い決断から逃げなかった。

「あなたを信じます、ジル様。私はお父様を……告発します」

ならば、ジルはその決断の重さに応《こた》えられる人間でありたい。

「わかりました。わたしがあなたを全力でお守りします。――あなたの勇気に敬意を」

胸に手を当てて、騎士《きし》の礼をする。スフィアは頰《ほお》を赤くそめて、何度もまたたいた。

「ふ、ふつつか者ですが、よろしくお願いします」

「おい、本当に十歳のガキか？　しかも男じゃなく女？」

「男女も年齢《ねんれい》も関係ないわよ。ああいう手合いは生まれつきだから」

「では行動を開始しましょう。時間がありません。ベイル侯爵の私軍が着くまでにカタをつけなければ、手柄《てがら》を横取りされかねないので」

背後でひそひそ言っているのは放置して、まずスフィア、そしてジーク、カミラ、と順番に手枷《てかせ》を素手《すで》で引きちぎる。

自由になった手を見て、感心したようにジークが言った。

「ガキでもこんなに簡単に鉄を引きちぎるのか。聞いてはいたが、魔力《まりょく》は侮《あなど》れんな」

「そんなわけないでしょ、この子ちょっとおかしいって」

「こ、皇帝陛下の婚約者にその言い方はまずいのでは……」

「そういえば、まだあなたの名前を聞いていませんでした」

鎖《くさり》に手をかけたジルに、見張りの兵士が不思議そうな顔をしたあと、おずおず答えた。

「さ、先ほどからカミラ殿《どの》に呼ばれてるとおりであります……ミハリ、と申します」

「え」

「……嘘《うそ》から出たまことってやつだな」

「も、もしかして知らずに呼ばれていたのでありますか!?　なぜ……あ、見張り!?」

見張りクン、もといミハリが情けない声をあげる。それを聞いてスフィアが少し笑った。

立ちあがったジークが柔軟《じゅうなん》体操をしながらつぶやく。

「それで、どうするんだ。武器は途中《とちゅう》で奪うとしても、これだけの戦力では奇襲《きしゅう》をかけて逃《に》げるのがせいぜいだぞ」

「まずここを出て、わたしたちと同じように捕《と》らえられている北方師団を解放、戦力になってもらいます。どこか一カ所に拘束《こうそく》されているか立てこもっていると思うのですが」

ばっとミハリが自由になった手を垂直に伸《の》ばした。

「わ、我々以外の兵は聖堂で拘束されていると聞きました！　ただ、負傷者が多いとも聞きましたが……」

「戦力にならなさそうよね。やっぱりアタシたちだけで逃げたほうがよくなぁい？」

「北方師団を見捨てるべきではありません。逆恨《さかうら》みされて、あとからわたしたちが密偵《みってい》でスフィア様がだまされているのだと言われでもしたら厄介《やっかい》です」

北方師団と協力し、全員でスフィアを守ったのだという認識が必要だ。涼《すず》しい顔で告げるジルにジークとカミラが顔を見合わせる。

「策があるなら、まぁいいけど」

「のりかかった船だ。お手並み拝見といこうか」

「では、ミハリは案内をお願いします。ジークとカミラはスフィア様の護衛を」

「かまわんが、お前の護衛はどうするんだ」

きょとんとジルはジークを見返した。うわあ、とカミラが痛ましそうな顔をする。

「完全に自分は対象外っていうこの顔……。修羅場《しゅらば》慣れしてるんだろうけど、クレイトスではこんな子どもまで魔力があれば軍属させるの？」

「そういうわけではありませんが……その、家の方針で。あの、心配しなくてもわたしは」

「確かにお前には魔力がある。お手並み拝見とも言った。だが、まだ子どもだろうが。策だけ言えば俺達がやってやる。下手に目立って敵に目をつけられたら、足手まといだしな」

素っ気なくジークに言われ、カミラに頭をなでられ、ミハリに何度も頷《うなず》かれた。

どうしたものかと思っていると、スフィアに手をつながれる。

「邪魔《じゃま》しないでおきましょう」

「そうよぉ。それに敵の情報に騙《だま》されることなく未来の皇后を守ったとなれば、アタシたちの功績として評価されるんだから」

スフィアとカミラの言葉に、ジルは自分の立場を考え直す。確かに、北方師団にスフィアだけではなくジルも守ったという功績を与《あた》えるのはありだ。

それに、ジークとカミラの実力をジルは疑わない。

（ふたりの魔力の開花訓練したのはわたしだからな……その点だけカバーすればいけるか？）

「……では、お言葉に甘えて頼《たよ》らせてもらいます」

「ふん。最初からそう言ってればいいんだ。――さて、まずどうやって脱出《だっしゅつ》するかだな」

「ただし、壁《かべ》はぶち破りますね」

固まったスフィアの手を離《はな》し、ジルは倉庫の壁に手を触《ふ》れる。カミラが慌《あわ》てた。

「えっちょっと本気？　そんなことできちゃうの？　まっ――」

「時間がないので、泣き言はあとで」

右拳《こぶし》を魔力と一緒《いっしょ》に思い切り壁に叩《たた》きつける。一瞬《いっしゅん》の静寂《せいじゃく》のあと、ものすごい音を立てて倉庫の壁が崩落《ほうらく》した。

「ちなみにわたし、鬼軍曹《おにぐんそう》と呼ばれていたことがあります」

お前たちに、という言葉は持ちあげた口端《くちはじ》に隠《かく》す。

敵の悲鳴と怒号《どごう》があがる中で、呆然《ぼうぜん》としている皆《みな》にジルは振《ふ》り向いた。

「皆さんの働きに期待します。大丈夫《だいじょうぶ》、死なない程度にフォローしますから」


外が騒《さわ》がしいと、他人事《ひとごと》のように彼は思っていた。

（どうでもいい。人生、終わった……皇帝陛下が無能だったばっかりに）

どうも、皇帝陛下のつれてきた子どもの手引きで賊《ぞく》が軍港に入りこみ、あろうことか占拠《せんきょ》されてしまった。侯爵《こうしゃく》家の令嬢《れいじょう》も人質《ひとじち》になったらしい。これはもう、精鋭《せいえい》と噂《うわさ》されるベイル侯爵の私軍が出てくる。

助けがくるという希望はあまり持てなかった。軍港の占拠に加え、侯爵家の令嬢が死にでもしたら、北方師団の責任が追及《ついきゅう》される。真っ先に処分されるのは下っ端《ぱ》の自分達だろう。

北方師団は帝国軍《ていこく》だ。学もなく技能もない、ただ若さと体力だけが自慢《じまん》の自分ができる仕事のなかで、一番給料がよかった。家族に多く仕送りができたら、それでよかった。こんな不名《ふめい》誉《よ》な死に方をするのは、ただ運がなかっただけだろう。

いや、本当は不自然に思っているけれど――どうして捕らえられているのは、平民出身ばかりなのだろう。いつもお前らとは違《ちが》うのだとお高くとまっていた貴族連中は、どこへ行ったのだろう。

でも真相を知ることはないのだろう。そういうことは、ある。

もし自分が生き残ったとしても、呪《のろ》われた皇帝陛下め、帝国はもう駄目《だめ》だと飲んだくれながら陰《かげ》で罵倒《ばとう》するくらいしかできない。

結局それが、自分のような人間にはお似合いの人生なのだろう。

そう思っていたから、聖堂の天井《てんじょう》があいたとき、目を疑った。ましてそこから例の密偵だという少女が飛び降りてきたときには、声も出なかった。

「おま、どこからっ――!?」

中を見回っていた敵のふたりのうちひとりが、壁にぶん投げられて気絶する。それをぽかんと見ていたら、とつぜん後頭部をつかまれて体を折り曲げられた。その上を、もうひとりの見回りの剣《けん》がはしる。助けられたのだ、と気づいたときは、その見回りも腹部に蹴《け》りを入れられて膝《ひざ》から崩《くず》れ落ちていた。

「助けにきました」

それはこんな状況《じょうきょう》だからこそ、腹の底までしみる、救いの言葉だった。

ぶちっと音がして、紙のように縄《なわ》が引きちぎられた。小さな手を差し伸べられ、ようやく自由になった上半身を起こす。

まだ子どもだった。けれど凛《りん》とした眼差《まなざ》しが、薄暗《うすぐら》い聖堂の中で強く自分を射貫《いぬ》く。

「今から四人、聖堂に入ってきます。そのうちひとりは、ベイル侯爵家のスフィア様です」

「た……助け出したのか？」

「はい」

「でも、君は……密偵《みってい》の少女なのでは」

「ジル・サーヴェルと言います。皇帝陛下《こうてい》の命によりあなた方を助けにきました」

今まででいちばん大きくざわめきが広がった。

「まさか、皇帝陛下が？」

「あの呪われた皇帝が、人を、しかも平民の俺達を助けるなんて馬鹿《ばか》な……」

「これはベイル侯爵による自作自演の襲撃《しゅうげき》です。北方師団を貶《おとし》め、皇帝陛下の地盤《じばん》を崩すための罠《わな》です。スフィア様はそうとは知らず駒《こま》にされました。わたしは、密偵疑惑《ぎわく》をかけられています」

ですが、と決して大きくはないがよく通る声で、彼女は語気を強めた。

「このような卑劣《ひれつ》な真似《まね》、決して許されることではない！　いや、許してはならない！」

それは少女の声ではない。上に立ち、導く者の声だった。

「動ける者はスフィア様を聖堂に保護次第《しだい》、バリケードを作れ！　負傷兵、貴君らの傷は名誉の負傷だ、恥《は》じることはない！　全員、帝国のため、皇帝陛下の御為《おんため》に戦っていることを忘れるな！　軍港は我らの手で取り戻《もど》すぞ──総員、戦闘《せんとう》準備！」

背筋《の》を伸ばし形ばかり覚えた敬礼を、皆が返す。

初めて北方師団が敵に立ち向かうという姿勢を見せた瞬間《しゅんかん》だった。


魔力《まりょく》を感知して、ハディスは顔をあげた。軍港のほうだ。

「ハディス！　ハディス聞けよ、嫁《よめ》がおもしろすぎる！」

ジルを見にいくように頼《たの》んだ相棒が、厨房《ちゅうぼう》の壁をすり抜《ぬ》けて現れる。げらげら笑っているその姿には竜神《りゅうじん》の威厳《いげん》もへったくれもなく、生クリームの加減を見ていたハディスはつい冷めた目を向けた。

「彼女を守れと僕は言わなかったか？　こうして歓迎《かんげい》の準備もしているのに」

「だっていらねーって言われたし。すげーよ、実際いらねーわあれ。自力で脱出して俺が見つけたときには聖堂で敵と交戦してた」

思わぬ返答に、ハディスは生クリームを泡立《あわだ》てる手を止めた。

「は？　交戦？　なぜ彼女が？」

「今は手が離せないから、お前のとこに戻れって言われてさー竜神を邪魔者扱《じゃまものあつか》いだぜ！」

ひいひい笑ってラーヴェが飾《かざ》り用に切っておいた桃《もも》を一切れ、勝手に食べた。

「んーうまい。何作ってんだよ」

「桃のムース。つまみ食いをしてないで答えろ。どういう状況なんだ？」

「スフィア嬢《じょう》ちゃんは聖堂で守られてる。生き残ってる北方師団が、嫁の指揮で頑張《がんば》って敵を押し返してるぜ。軍港を取り戻すんだってさ。すげーすげー」

「軍港……それを本気で言ってるのか、彼女は」

「本気で言ってるし、やってるな」

あれだけの魔力を持っていて戦えるのだから、自力脱出くらいは想定内だ。だが軍港を取り戻すなんてことまでは期待していなかった。

「皇帝陛下の御為にって演説ぶちかましてんの。北方師団、お前が自分達を助けるために嬢ちゃんをよこしてくれたって信じてるぜ。お前の株、嬢ちゃんにつられて爆上がり中」

「……だから全部助けろってことか。なんて無謀《むぼう》なことを考えるんだ……」

呆《あき》れつつも、ハディスはムースと生クリームを混ぜ合わせながら考える。

これで北方師団の面子《メンツ》も立つ。ハディスだけではどうにもしてやれない、スフィアを助ける道筋も見えてきた。

「襲撃してきた連中に逃《に》げられる可能性は？　町への被害《ひがい》は出るか？」

「軍港内で暴れてるだけだから被害は出てない。嬢ちゃん、あちこちぶっ壊《こわ》して退路を断ってるな。そうそう、港にあった船もぶっ壊してたぞ」

「襲撃者を捕《と》らえて、ベイル侯爵の言い逃《のが》れをふせぐためか。僕のお嫁さんが優秀《ゆうしゅう》すぎる」

汚名《おめい》返上どころか、功績まで立てるところまで視野に入れているのだ。それなら軍港を占拠されたことも、北方師団の失態ではなく作戦のひとつだったと言い張れる。

さらに、ベイル侯爵が裏で糸を引いているところまで引きずり出せたら。

（スフィア嬢を連れて逃げてくるくらいは考えていたが……想像以上の逸材《いつざい》だ）

だが、いったいどれだけの破壊《はかい》が行われたのか。その損害額を試算しようとして、途中《とちゅう》でやめた。

「再建費用はベイル侯爵家から搾《しぼ》り取ろう。一家断絶よりはましなはずだ」

「お、じゃあ丸くおさめられそうか？」

「丸いかどうかは知らないが、落としどころはある」

「よかったな」

ムースを型に流し入れていたハディスは、意味がわからずまばたく。

「これでスフィア嬢ちゃんも北方師団もベイル侯爵家も、全部諦《あきら》めて見捨てたり殺したりしなくていいってことだろ。恐怖《きょうふ》政治せずに、みんなに嫌《きら》われない皇帝陛下になれるかもな」

びっくりして目が丸くなってしまう。遅《おく》れて、そわそわした気持ちがこみあげてきた。

「……っ、つまり僕は……みんなに好かれる皇帝陛下になれる、のか……!?」

「いや、そこまで言わねーけど。でもいい嫁じゃねーか。案外、ほんとにお前をしあわせにするかもなぁ」

「や——やめてくれ、そんな」

いきなりはねあがった心音に、口元をおさえる。

「き、気分が悪く……み、水……」

「あぁうん、おめーもその残念さをどうにかしような……ふられるぞ」

「し、心臓に悪いことを言うんじゃない。なぜそうなるんだ」

「だっておめー、今のとこなんにもしてねーじゃん」

動きが止まったせいで、傾《かたむ》けた水差しからぼたぼたとエプロンに水がこぼれていく。

「おいこぼれてる！　タオルタオル、濡《ぬ》れたら風邪《かぜ》ひくだろーがお前は！」

「……い、いや、僕は桃のムースを作っていたぞ……それじゃ駄目なのか!?　はっ今からベイル侯爵の私軍を壊滅《かいめつ》させるのはどうだ!?」

「まだ何もしてねぇ軍を私情で壊滅させるな、恐怖政治に戻ってんだろうがそれ……」

「だったら何をすれば彼女に嫌われないんだ!?　わからない、難しい！」

「あーもうわかんねぇなら、せめて嬢ちゃんの望みを叶《かな》えてやれよ！」

「わかった、ムースを完成させればいいんだな!?」

「ちが——いや違《ちが》わない気がするな!?　え、待ってくれよ俺ってお前と同レベル……？」

頭を抱《かか》えた竜神を横目に、濡れたエプロンをはずしたところで、厨房の扉《とびら》が開いた。

わらわらと入ってきたのは、兵隊だ。制服の袖《そで》にベイル侯爵《こうしゃく》家の紋章《もんしょう》が入っている。

つまり、ベイル侯爵の私軍だ。

「失礼致《いた》します、皇帝陛下。ベイル侯爵より護衛を仰《おお》せつかりました！」

「護衛？　僕は今、ムース作りで忙《いそが》しい。埃《ほこり》を立てないでくれ」

真面目《まじめ》に頼んだのだが、ふんと鼻で笑われた。

「軍港を占拠《せんきょ》した賊《ぞく》達がこの城を目指しているとの情報が入りました。念のため、皇帝《こうてい》陛下には安全な場所に避難《ひなん》していただきたいとのことです」

北方師団が軍港を奪還《だっかん》する可能性が出てきたせいで焦《あせ》ったのだろう。ジルと会わせないための時間稼《かせ》ぎ、その場しのぎの策にハディスは呆れる。

だが、それだけベイル侯爵にとってこの事態は想定外なのだろう。たかが十歳の女の子にこうも振《ふ》り回されるのはいかがなものかと思ってから、ふと唇《くちびる》が弧《こ》を描《えが》いた。

（それは僕もか）

まさか夫の自分がベイル侯爵と同じでいいはずがない。

兵士達は剣《けん》の柄《つか》に手をあててずっと警戒《けいかい》している。ハディスを逃がしたりしないよう、雇《やと》い主であるベイル侯爵に言われているのだろう。おかしなことだ。

皇帝が逃げる理由などどこにもない。

ムースは冷やすだけだ。飾りつけはあとにしよう。

「埃を立てられては困るな。――そのまま、僕に跪《ひざまず》け」

三角巾《さんかくきん》をはずす。金の両眼が光り、足下《あしもと》からさざ波のように広がった魔力が、城をゆらした。

一瞬《いっしゅん》地面がゆれた気がして、ジルは思わず動きを止めた。

（地震《じしん》……いや、魔力？）

まさか、ハディスに何かあったのではないか。ラーヴェがついていれば平気だと思ったのだが、そもそもラーヴェが戦えるのか確認《かくにん》していなかった。

ハディスはものすごく強いはずなのだが、勝った瞬間に血を吐《は》いて倒《たお》れそうで、ジルの不安をやたらとかき立てる。今度こういう事態に陥《おちい》ったときは、真っ先に夫の安全を確保しようと決めた。でないと、目の前の戦いに集中できない。

あの男はおいしいご飯とお菓子《かし》を作って、おとなしくジルの帰りを待っていてくれれば、それでいいのだ。

「おい、急げ！　聖堂のほうがいつまでもつかわからんぞ！」

大剣を一振《ひとふ》り、ジークが道を切り開いて叫《さけ》ぶ。背後で弓を引いたカミラが荷台の太い紐《ひも》を射《い》貫《ぬ》いて、丸太を転がして足止めをする。

今は、ハディスの心配をしている場合ではない。

「今ので最後の船です！　戻《もど》りましょう！」

ジークとカミラの襟首《えりくび》をつかんで、ジルは跳躍《ちょうやく》する。うお、とジークが叫んだ。

「飛ぶのはひとこと言ってからにしろ、舌を噛《か》むだろうが……！」

「ほんと、ジルちゃん何者なの⁉」

建物の屋根を伝いながら聖堂に戻るジルに苦情が飛ぶが、時間がない。

できるだけ敵に姿を見られないよう城壁《じょうへき》を蹴《け》って聖堂の屋根に飛び移り、天窓から中へと飛び降りる。

すわ敵かと緊張《きんちょう》した中から、スフィアが出迎《でむか》えてくれた。

「ジル様！　皆《みな》さんも」

「状況《じょうきょう》は？」

立ちあがったジルに、ミハリがはいっと声をあげた。

「ご命令どおり、出入り口と窓をふさいで防戦しております。とはいえ、囲まれているだけですが……隊長達が外に出られる前と状況は変わりありません」

「……隊長？」

自分の顔を指でさすジルに、ミハリや他《ほか》の者まで頷《うなず》く。

「先ほど、皆で決めました。お名前で呼びかけると敵に正体が知られてしまいますし、指揮をとっていただいてますし……」

「なるほど。では、お言葉に甘えて――諸君の気遣《きづか》いに感謝する」

倉庫を出た時点でジルがここにいることは敵に知られているだろうが、それはそれだ。気遣いと期待に応《こた》えて、口調を変え、敬礼を返す。

しかし、戦況《せんきょう》はよくない。聖堂にいる半数が負傷兵なのだ。戦える者はジル達を入れて十人ほどしかいない。

だが、同じ動けない環境《かんきょう》でも味方に囲まれているのと、敵に囚《とら》われているのでは精神的負担が違う。動ける者はバリケードを作るのを手伝ったり、聖堂の奥から使えるものがないか探し出してくれた。武器を手にした者の士気もあがっている。

「あっちも船を失ったからな。簡単には逃げられない。いよいよ徹底抗戦《てっていこうせん》だな」

「そんなことしたら負けちゃうでしょ、これだから脳筋は」

「そのために船をぶっ壊して退路を断ったんだろうが。それ以外になんの理由が──」

「襲撃者《しゅうげき》たちがベイル侯爵の私軍が攻《せ》めてきたときに、すぐに軍港から逃げ出せないようにするためです。向こうはベイル侯爵の軍に殺されないよう、手を変えてくるはずです」

裏で手を組んでいたとしても、表向き彼らはベイル侯爵の敵だ。北方師団がこうして戦っている以上、ベイル侯爵の私軍は襲撃者達に必ず攻撃《こうげき》をしかける。それは、どさくさに紛《まぎ》れて口《くち》封《ふう》じされる可能性が高くなったことを示している。

向こうは今から、ベイル侯爵に始末されない道を模索《もさく》するはずだ。

「だが、やけになってこっちに突《つ》っこんでくる可能性もあるだろう」

「わたしたちを全滅《ぜんめつ》させるまで働くとは思えません。雇われた傭兵《ようへい》たちにとって大事なのは実利です。今から逃走経路《とうそう》を確保するために奔走《ほんそう》するか、それとも……」

「おい、北方師団。俺がこいつらを率いてる頭目だ──取り引きをしようじゃないか！」

説明する前に、外から声が響《ひび》いた。思ったより若々しさがある声だ。

「そっちに密偵《みってい》のガキがいるだろう？　そいつを差し出してくれないか。そうしたら、侯爵家のお嬢《じょう》さんには手を出さず、このまま軍港から引きあげる。でなきゃ聖堂に火がついちまうかもな」

「こちらを狙《ねら》ってかまえている弓兵が見えます！　火矢も……」

聖堂の長椅《ながい》子《す》で塞《ふさ》いだ窓の隙間《すきま》から、外を監視《かんし》していたひとりが報告してくれる。

カミラが渋《しぶ》い顔になった。

「ここ、壁《かべ》は煉瓦《れんが》造りだけど、木造部分も多いわ。火矢を投げこまれればあっという間に燃えるでしょうね」

「……いきなり全滅の危機か。どうするんだ、隊長。軍港を取り戻すどころじゃない」

「そんなことはないですよ。やっと敵の将が出てきてくれました」

「いいか、四十待ってやる！　その間にガキを縛《しば》りあげて、つれてくるんだ」

いーち、と声が響く。ジルはふと周囲を見回してみた。

誰《だれ》も、ジルから目をそらそうとしない。この不利な状況で、ジルを敵に突き出そうと考える者はいないようだった。負傷兵の手当てを手伝っているスフィアも、ジルと目が合うなり引き止めるように首を横に振った。

（なんだ、見込みがあるじゃないか。全員）

むしろ指示をくれと待っているようにも見える。そういう目をされると、応《こた》えたくなるのが性分《しょうぶん》だ。

「わたしが行きます」

「ちょっと。アタシらはあんたも守らないといけないって話を忘れたの？」

「そうです！　ジル様だけを犠牲《ぎせい》にするなら、私も……！」

「大丈夫《だいじょうぶ》です、スフィア様。ここで計画を台無しにするようなヘマはしません」

立ち上がりかけたスフィアがまばたく。

縛ってくれと両手首を合わせて出すと、舌打ちしたジークが動ける兵に命じて縄《なわ》を持ってこさせた。カミラが眉間《みけん》にしわをよせながら、ジルの両手首を縛る。

「大丈夫なのね？」

「はい。……スフィア様をお願いします」

カミラにだけ聞こえる声でそっとささやく。

「ベイル侯爵《こうしゃく》に対してより効果的な切り札になるのは、密偵役のわたしより被害者《ひがいしゃ》役のスフィア様です。諦《あきら》めるとは思えません」

「……聖堂内に敵がいるかもってことね？」

「神父がいたはずなんです。お願いします」

ジルの目を見て、カミラは頷いた。そのままジークにも耳打ちにいく。これでスフィアは大丈夫だ。

「ミハリ。わたしを突き出す役をお願いします。――隊長命令だ」

そう言うと、ミハリは言いたげにしていた何かを呑《の》みこんで、頷いた。

数は三十をすぎたころだ。頃合《ころあ》いだろう。

「ぶ、無事、お戻りくださいね……！」

小さくミハリがそうつぶやいて、数をかぞえる声にかぶせて叫ぶ。

「取り引きに応じる！　そちらに密偵の子どもをわたす、わたすから、やめてくれ！」

震《ふる》えている声が逆にらしくていい。

「よーし、なら出てこい」

「扉《とびら》を開いた瞬間《しゅんかん》、攻撃したりしないだろうな!?」

「もちろんだ。こっちはそろそろ逃《に》げる準備をしたいんでね、あんたらを全滅させる時間が惜《お》しい」

ぎい、と内開きの扉があいた。

ジルの背後では、皆が作り直したバリケードの中で身を潜《ひそ》めている。

まだ外は明るい。頭目らしき男が一歩、前に出た。頭目というには、まだ若い男だった。軽《けい》薄《はく》そうだがいい面構《つらがま》えをしていると、のんびり観察する。

「よし。確かにそのガキだな。ご苦労さん」

確認した途端《とたん》、北方師団の服を着たままの頭目が片手をあげた。背後にいた兵が正面から火矢を構える。

「そしてお別れ――」

地面を蹴ったジルは、火矢が放たれるより早く、頭目の顔面に膝蹴《ひざげ》りを入れた。そのまま背後を取り、首を絞《し》めあげる。

「お前らの頭《かしら》の命が惜しくば全員引け！」

「はったりだ！　俺にかまわずこんなガキころっ――」

ぶんと右手を振《ふ》って、周囲にいた敵をすべて吹《ふ》き飛ばした。ついでに聖堂正面にあった見張り台が真っ二つに折れ、別の場所から火矢を放とうとしていた集団のほうへと落ちていく。

「な、ん……？」

「ちなみに船を壊《こわ》して回ったのはわたしだ」

頭目の背中を踏《ふ》みつけ、ばきりとジルは指を鳴らしてみせる。

「選べ。ここで全員死ぬか、おとなしく抵抗《ていこう》をやめて降伏《こうふく》するか」

「……っはは、油断したな！　おい、今だ、侯爵令嬢《こうしゃくれいじょう》を――」

聖堂の中に向かって叫《さけ》んだ頭目が途中《とちゅう》でやめた。ジークに蹴《け》り飛ばされ、スフィアの相談にのっていた神父が聖堂の外に転がる。

「残念、スフィアお嬢様なら無事よ」

「神父が刃物《はもの》持って襲《おそ》いかかるとはな。世も末だ」

カミラとジークの言に、踏みつけていた頭目の体から力が抜《ぬ》ける。

「……俺だけでいいはずだ。部下は逃がしてやってくれ」

なかなか男気があることを言う。ジークとカミラも顔を見合わせた。ジルは端的《たんてき》に答える。

「お前が誰とつながっているのかを吐《は》けば」

「……。わかってんだろ。ベイル侯爵だよ」

「それを皇帝《こうてい》陛下に言えるな？」

「俺の言うことなんざ、そんなに重要かねぇ。お偉《えら》いさんにとっちゃゴミみたいなもんだろうよ、俺らは」

「お、お頭ぁ！　お頭、ベイル侯爵が攻めてきやがった！　約束が、違《ちが》……！」

そこで走ってきた男は、矢で胸を射貫《いぬ》かれて絶命した。聖堂の中から出ていたスフィアが甲《かん》高《だか》い悲鳴をあげる。

頭目が走り寄ろうとするのをジルは押さえこむ。殺気だったその目にささやいた。

「こらえろ」

「てめぇ……！」

「全滅したいのか！　お前たちが捨て駒《ごま》なのはわかってる、わたしのできる限りで助けてやるから、今はこらえろ……！」

頭目が両目を見開く。倒《たお》れた賊《ぞく》のうしろから、騎士《きし》団が出てくる。整然と統率《とうそつ》のとれた動きはとても私兵とは思えない。よほど訓練されているのだろう。

「……お前が皇帝陛下をたぶらかした子どもか」

整列した立派な騎士達の中から、ひとりだけ馬にのった男が進み出てくる。お父様、とスフィアがか細い声で言った。

精悍《せいかん》な男だった。こちらを見おろす視線に嘲《あざけ》りがまじっている。よくクレイトス王城でもこんな目で見られた。

「幼くともクレイトスの魔女《まじょ》というわけか。化け物め」

だから笑い返してやる。

「はじめまして、ベイル侯爵。軍港は北方師団が取り戻《もど》しました。助けにくるのが一歩、遅《おそ》かったですね」

「何を言う。間に合ったのだよ、私は」

ジルは踏みつけていた頭目を、ジークのほうへ放《ほう》り投げた。せっかくの手柄《てがら》を横取りされるわけにはいかない。

にたりと笑ったベイル侯爵が、片手をあげる。と同時に、上からいきなり大きな影《かげ》がかかった。

何かと見あげた先には――竜《りゅう》がいた。その口から吐き出される炎《ほのお》は、ただの炎ではない。魔力をも焼き尽《つ》くす、竜神から与《あた》えられた裁きの火だ。

「貴様らを始末すれば、それで終わるのだから」

「全員、聖堂の中へ退避《たいひ》しろ！」

ジルがひとりよけるだけなら問題ない。だが、よければ聖堂が燃える。防ぐしかない。

両足を開いて見あげた。上空から竜が口をあける。

（くる！）

竜の口からぷすんと音を立てて煙《けむり》が出た。

ジルがまばたいている間に、翼《つばさ》を広げたまま竜が地面に墜落《ついらく》する。その巨体《きょたい》に、ベイル侯爵の軍が押しつぶされた。土埃《つちぼこり》があがり、馬のいなきがあがる。

悲鳴が飛び交《か》う中、落馬したらしいベイル侯爵の怒号《どごう》が響《ひび》いた。

「ど、どうした、突然《とつぜん》！　起きろ、攻撃《こうげき》するんだ！」

「そんなことをできるわけがないだろう、竜帝《りゅうてい》の僕を前にして」

背後からよく通る声が響く。だが、声色《こわいろ》ほど気配は優《やさ》しくない。

冷水を浴びさせられたように混乱が静まった。鳥肌《とりはだ》が立つほどの、圧と魔力。クレイトス王国のときと同じだ。ごくりとジルは唾《つば》をのむ。

竜の体から上半身だけ這《は》い出てきたベイル侯爵が、あえぐように言った。

「こ、皇帝陛下が……なぜこちらに」

「妻を置いて、僕だけが安全な場所に避難《ひなん》できるわけがない」

すっと伸《の》びた両腕《りょううで》に、ジルはうしろから抱《だ》きあげられる。

「怪我《けが》はないかい、僕の紫水晶」

「は、はい。陛下こそ、体調はよろしいのですか？」

ラーヴェの姿が見当たらないことを気にしながら目をあげると、ハディスが嬉《うれ》しそうに口元をゆるめた。

「心配してくれたのか、嬉しいな。ところで、軍港はどうなった？」

ジルは急いでハディスの腕《うで》から飛び降りようとしたが、押さえこまれてかなわなかった。無言でにらむと、ハディスは笑顔《えがお》を返す。放す気はないらしい。

渋々《しぶしぶ》、ジルは抱きあげられたまま報告した。

「……申しあげます。軍港を占拠《せんきょ》されたというのは、敵の攪乱《かくらん》情報です。北方師団の方々はわたしとスフィア様が敵に捕《と》らえられたと知るなり救出作戦を立て、わたしたちを守りながら軍港を賊から取り戻してくださったのです」

「陛下！　その少女は密偵《みってい》だとまだおわかりにならないのですか。現にその少女は軍港を占拠した輩《やから》と手を組んでおります」

そう言ってベイル侯爵《こうしゃく》が、頭目を指さした。ただジークに腕をつかまれているだけで、拘束《こうそく》もされていない状態だ。

ただの悪あがきだとしても、ベイル侯爵に指をさされた頭目が瞠目《どうもく》したあと、皮肉っぽい笑みを浮《う》かべたのを見て、ジルは唇《くちびる》を噛《か》んだ。

頭目にとってベイル侯爵の軍は、目の前にある危機だ。ジルが密偵だと証言すれば、ベイル侯爵はたとえ一時的であってもこの頭目を守るだろう。それ以上の利をジルが提示しなければ、頭目がベイル侯爵を告発する意味がない。頭目はベイル侯爵の庇護《ひご》がなければ、ハディスに処《しょ》刑《けい》されるだけなのだ。

下半身は竜に押しつぶされたままの間抜《まぬ》けな格好で、ベイル侯爵は勝ち誇《ほこ》った顔をした。

「軍港内はまだ敵が残っております。我々を信じて陛下は城でお待ちください。その子どもがただ賊に利用されただけの哀《あわ》れな子だと仰《おっしゃ》るなら、それもよろしいでしょう。私が周囲にそう説明するのも、やぶさかではない」

遠回しにジルを助けるかわりに事と次第《しだい》をうやむやにしろと脅《おど》しをかけている。その抜け目のなさにジルが怒鳴《どな》り返そうとしたとき、ハディスがぽつりとつぶやいた。

「恐怖《きょうふ》政治はやはり一理あるな……」

「……今、なんて仰いました陛下？」

「あ、いや、なんでもない――ラーヴェ、うるさいわかってる。僕も今となっては妻帯者。妻の頑張《がんば》りを無にするわけにはいかない……恐怖政治ダメ、絶対」

体の中にいるラーヴェと話しているのか、よくわからないことをぶつぶつ言いながら、ハディスがジルをおろした。

そのままジーク達のほうへ向かっていく。

ハディスが何をする気なのかさっぱりわからず、ただジルは見守るしかない。

「よく頑張ってくれた。ジーク、それにカミラに、ミハリか」

名前を呼ばれたジークとカミラが顔を見合わせ、ミハリが声を震《ふる》わせる。

「……平民の我々の名前を、皇帝陛下が、なぜ……」

「なぜって。北方師団は帝国《ていこく》軍のひとつ。そこに勤める者たちの名前と顔くらい、覚えていないほうがどうかしている」

ハディスはぽかんとしているジーク達から頭目へと視線を動かした。

「そして──君も北方師団のひとりだ」

「は？　何言ってるんだ、こいつは……お、おいっ⁉」

ジークから頭目をもぎとったハディスが、その首を片手でつかんで、持ちあげる。

「急な赴任《ふにん》だったから、君が僕の顔を知らないのは当然だな。やあはじめまして、僕が君たちの皇帝だ」

「な、んっ……俺、は──がっ」

みしりと頭目の喉《のど》から嫌《いや》な音がなった。ハディスがさわやかに続ける。

「北方師団の制服がよく似合っている。赴任早々、大変だったね。よく生き残ってくれた。さあ、君と君の部隊が見聞きした主謀者《しゅぼうしゃ》の情報を僕に報告してくれ」

「あ、あの、皇帝陛下、いったいどういう……」

うろたえるミハリに答えず、ハディスは頭目を地面に投げ捨てた。げほげほと咳《せ》きこみながら、頭目がハディスを見あげる。

「僕の妻はどうも、捨て駒《ごま》も何もかも、すべて助けたいらしい」

はっとジルはハディスを見つめる。頭目は目を白黒させていた。

「僕は妻にはひざまずくと決めている」

ハディスは冷めた目で頭目を見おろし、剣《けん》の柄《つか》に手をかける。

「だが、僕は気まぐれだ。すぐに気が変わるから、早く決めたほうがいいよ」

「……」

「へ、陛下！　何を仰っているのですか、まさか――」

「……本日付けで正式に北方師団に着任しました、ヒューゴと申します」

青ざめるベイル侯爵をさえぎり、頭目――ヒューゴが、ハディスの前に跪《ひざまず》いた。

「なんなりと仰《おお》せのままに報告致《いた》しましょう、皇帝陛下《こうていへいか》」

それはヒューゴがハディスの駒になるという意思表明だった。ハディスは薄《うす》く微笑《ほほえ》む。

「さて、これでひとつ片づいた。僕の妻は無実。次は君だ、ベイル侯爵」

「こ、このようなこと、誰《だれ》も認めるわけが――っ」

ベイル侯爵の言葉は、頭を踏《ふ》みつけられたせいで途中《とちゅう》で消えた。靴底《くつぞこ》をベイル侯爵の後頭部に預けたハディスが、子どもを叱《しか》るような口調で言い聞かせる。

「君はもう死んだも同然だ。死人はしゃべらないものだよ」

「……こ……侯爵である私にこのような真似《まね》をして、皇帝陛下といえど、ただでは」

「僕は言ったはずだ。妻が無実であった場合、それ相応の償《つぐな》いはしてもらう、と。というか、こんな馬鹿《ばか》馬鹿しい策で僕を貶《おとし》められると本気で思ったのか？　竜帝を侮《あなど》るにもほどがある」

「……っ」

さて、とハディスは小首をかしげた。

「どんな処刑方法にしようか。娘《むすめ》を変死させて皇帝の批判材料にしようとする父親を苦しめる方法なんて、なかなか思いつかないな。それとも、後妻とその娘は別なのかな？」

「おや、顔色が変わった。どんな人間でもやはり情はあるらしい。よかった、人というものに絶望せずにすみそうだ。よし、まずはそちらからにしよう。火あぶりか、拷問《ごうもん》か。無能な君のせいだよ。可哀想《かわいそう》に」

「こ、この……っ」

「だが僕は誰彼かまわず傷つける趣味《しゅみ》はない。だから、こういうのはどうかな？　君は、みっともなく命乞《いのちご》いをするんだ。僕にベイルブルグを差し出してね」

ハディスが独裁者の顔で、慈悲《じひ》深く笑う。

それを見たカミラが鳥肌の立った両腕をなでていた。

「やだ、心を折りにいくタイプなのね、皇帝サマ……きゅんときたわ」

「甘いんじゃないのか。見逃《みのが》すべきじゃないだろう、こんな騒《さわ》ぎ」

「え？　あ、あの……つまり、お父様はこれからどうなるのでしょうか」

「皇帝陛下は、罪をすべて認めてベイルブルグを差し出したら助けると仰ってます」

ジルの小声の説明に、スフィアが希望を得たように両手を組む。

だが、その祈《いの》りをベイル侯爵の哄笑《こうしょう》がさえぎった。

「慈悲をみせたつもりか!?　さすが、母親を自殺させた皇帝はお優《やさ》しい！」

ベイル侯爵の嘲《あざけ》りに、その場が凍《こお》りつく。ハディスが無表情になった。

「お前が皇帝になるまで何人死んだ？　どれだけ殺した！　私は正しいことをした！　呪《のろ》われた皇帝から国を、領地を守ろうとしたんだ！　この人の皮を被《かぶ》った化け物から！」

「……」

「私に同情する者はいても、お前を擁護《ようご》する者などおるまいよ。この国でお前が皇帝であることを望む人間などいないのだからな。生きていてほしい人間すら、いないだろうよ！」

全員が固唾《かたず》を呑《の》んでハディスの反応を注視している。

呪われた皇帝。その噂《うわさ》を肯定《こうてい》するような沈黙《ちんもく》にジルが一歩踏み出そうとしたとき、ハディスが静かに答えた。

「そうだろうな」

信じられない返答に、ジルは瞠目した。

「だが、僕が皇帝だ。お前たちが望む望まざるにかかわらずね。理解しろとは言わないよ」

それは甘えだ。かき消された優しいつぶやきを聞いたのは、ジルだけだろうか。

「ジーク、カミラ。ベイル侯爵をつれていけ」

ハディスの命令に、ジークとカミラは戸惑《とまど》いつつも従う。

ベイル侯爵は笑いながら引きずられていった。その声が届かなくなってから、ハディスはこちらに振《ふ》り返り、ジルの前を横切って、スフィアに視線を向ける。顔を真っ青にしたスフィアは、震えながら前に出た。

「あ……あの、ハディス様、父が、申し訳――」

「心配しなくていい。命を奪《うば》う気はない」

スフィアが、ありがとうございますと申し訳ございませんを交互《こうご》に繰《く》り返して跪く。

ハディスは微笑んで首を横に振っていた。

その横顔をジルはじっと見つめる。

その顔がいつか本音を見せないかと思っていたけれど、すべての後始末を終えても、ハディスは皇帝の顔を崩《くず》すことはなかった。


「無理してんじゃねーかって？　そりゃしょーがねーだろ」

ベイル侯爵の城――皇帝陛下に譲渡《じょうと》する予定の城で夕食も湯浴みもすませたあと、道案内と称《しょう》して現れたラーヴェは、ジルの頭の上にのっかったまま言った。

他《ほか》に人はいない。夕食にハディスも現れず、ジルは桃《もも》のムースをひとりでたいらげることになった。ベイル侯爵の使用人をそのまま信頼するわけにいかないのだから、しかたない。

現在、城主の住居区画からはすべて人払《ひとばら》いをしている。その住居区画も城のまるまる五階部分を使っているので、ラーヴェに寝室《しんしつ》まで案内してもらっているのである。

「いちいち傷つきましたって顔してらんねーだろ。あんな馬鹿《ばか》でも皇帝なんだから、甘くみられないよう、その辺はわきまえてるよ。皇帝になるだけの能力も器《うつわ》も当然、最初から持ってるしな。……でも普段《ふだん》のあいつ見てれば、意外か」

「はい。もっと素直《すなお》な方のように思っていたので」

もっと怒《おこ》るか動揺《どうよう》くらいすると思ったのだが、一切《いっさい》そんな表情も仕草も見せなかった。

「残忍《ざんにん》な顔や脅《おど》しができると思っていなかったので、それも意外でした」

「あれは……うん、恐怖政治《きょうふ》はしない方向で修正中だから……」

「でもあんなふうに、人から傷つけられたことをなかったことにするのは、よくないと思うんです。いずれはそれが当たり前だと何も感じなくなり、自分にも他者にも鈍感《どんかん》になって……それは陛下自身のためにもよくないことなんじゃないかと」

そして残酷《ざんこく》になっていく。悪意を向けられるのが当然で、何にも傷つかないから、平然と虐《ぎゃく》殺《さつ》も命じられるような人間になる。

「なるほどなぁ。確かにあいつ、人と関わってこなかったから距離《きょり》感《かん》おかしいんだよ。なんでも真に受けがちだし、極端《きょくたん》だし。呪《のろ》いさえなんとかなればみんなに好かれるって期待してるしなー、友達も百人できるって信じてるぞマジで。幸せ家族計画もその一環《いっかん》だ」

「なんでそんな育て方しちゃったんですか……絶対に反動きますよ」

「しかたなかったんだよ！　全部呪いのせいで誰も悪くない、人は善良だと思わせとかないとやばかったことが多々あったんだよ。それこそ、母親のこととか……あんなん母親が悪いんだよ、なのにあいつ……聞いてられなかったんだ」

いつかは破綻《はたん》する目のそらし方だ。だが、甘いとわかっていても、ラーヴェはハディスになんとか希望を持たせてやりたかったのだろう。

「……本当は違《ちが》うって気づいてる節はあるけどな……でも、人に絶望したら最後だろ。あいつは皇帝なんだ。しかも竜神《りゅうじん》の生まれ変わり、竜帝だ。壊《こわ》せるものが大きすぎる……」

「でもラーヴェ様が諦《あきら》めるなって言い続けたから、今の陛下があるんでしょう。それってすごいことだと思います」

ラーヴェが小さな目をぱちぱちとまばたかせる。ジルは人差し指を立てて提案した。

「だから、今のうちに人に馴《な》らしていきましょう。たとえば……うーん、可愛《かわい》い皇帝をめざすとかどうでしょう？　親しみがもてるように」

「いやどんな皇帝だよ、頭にリボンでもつけて菓子《かし》でも配るのか？　……似合うかもな」

「こう、ちょっと弱みを見せるんです！　陛下は見目は抜群《ばつぐん》ですし、ギャップで攻めるのはありです。わざわざ強い皇帝を演じられなくても十分、陛下は優秀《ゆうしゅう》ですから」

感情にまかせてベイル侯爵《こうしゃく》の処分を変えることもしなかったし、暴言も流す器の大きさを見せた。末端《まったん》の兵士の名前を覚えていることは、士気をあげただろう。

「それにわたし、傷ついているのを隠《かく》されるのは好きじゃないです。ああも綺麗《きれい》なすまし顔を見せられてしまうと、いっそ泣けと殴《なぐ》りたくなるというか……いえ、大人の男性に泣かれてもうっとうしいので、泣くなと殴りたくなりますが」

「泣けって殴って、でも泣いたら泣くなって殴るのか。ひどいだろ、それは」

まっとうなラーヴェの批判に視線を泳がせたジルは、言い直す。

「でもその、せめて、わたしの前でお綺麗な顔をしないでいただければ……でないとやっぱり殴りたくなります。逃《に》げられている気分になるので」

「へーへー！　なんだ、そういうことか。嬢《じょう》ちゃん、まさかハディスに惚《ほ》れたか!?」

ラーヴェが目をきらきらさせて上から覗《のぞ》きこんでくる。途端《とたん》にジルは半眼になった。

「どうしてそうなるんですか……」

「だって、それ、気になる子をこっち向かせたくて、いじめるのと一緒《いっしょ》だろ」

「子どもじゃあるまいし。そんな馬鹿な話があるわけないでしょう」

「いや嬢ちゃん、どう見ても子どもだけど」

そうだった。ごほんと咳払《せきばら》いをしたジルは、せっかくなのでラーヴェに言っておく。

「わたしと皇帝《こうてい》陛下が恋愛《れんあい》関係に発展する予定は今のところないので」

「今のところだろ。年齢《ねんれい》的な問題を気にしてんのか？」

「それもありますけど、まずわたしは、陛下と互《たが》いの利益だけでつながった理想の夫婦《ふうふ》になりたいんです！」

「嬢ちゃんの言ってることとわかんねーのは俺が竜神だからか……？」

「神と人間だとやはり違いはあるかと思います」

「……。まあいいや、ハディスも大概《たいがい》だしな……ああ、この部屋だ、嬢ちゃんの寝室」

廊下《ろうか》の最奥《さいおう》がやっと見えた。長く感じたのは、やはりこの手足の短さだろう。やたら大きな部屋のようだ。ドアノブの位置まで高い。

手を伸《の》ばしてドアノブに手をかけ、ちょっとだけ魔力《まりょく》を使って、重い扉《とびら》を開いた。

「あいついるから。頑張《がんば》れよー」

「……。えっ!? あの、まさか皇帝陛下がいらっしゃるのですか!?」

「そうだよ。形だけでも夫婦なんだからそうなるだろ。あと警備の問題」

「ちょっ待ってください！　それってまさか初夜——」

焦《あせ》ったジルがラーヴェに訴《うった》え出ようとしたそのとき、部屋のど真ん中に置かれた大きな天蓋《てんがい》付きの寝台《しんだい》が目に入った。思わずあとずさりかけたが、あろうことかその寝台からうつ伏《ぶ》せでだらりと落ちている上半身に、頭がひえる。

「……陛下？」

「の……飲みすぎ……た……」

「あっ、お前ワイン飲んだな⁉　嬢ちゃん、水！　水！」

「は、はいっ！」

かくしてその場は、ワインを一口飲んだだけで中毒症状《しょうじょう》を起こしかけている皇帝陛下の救助に走る戦場となった。

滅多《めった》に酒なんか飲まないのになと残して、ラーヴェはハディスの体の中に入っていった。回復を早めるためには、有効な手段らしい。

実際、そのあとハディスの呼吸はみるみる落ち着いていき、顔からも赤みが引いていった。

（……体調よりは、やっぱり精神的にきたんだろうな）

水をしぼった手巾《しゅきん》をハディスの額に置く。すると横たわっているハディスが、まぶたを震《ふる》わせて目を開いた。

「──きみ、は……紫水晶？」

「はい。大丈夫《だいじょうぶ》ですか？　水もあります。果物も厨房《ちゅうぼう》から拝借してきましたが」

何度かまばたきしたあと、ハディスがぽつんとつぶやく。

「……看病してくれるのか」

「はい、酔《よ》っ払《ぱら》いの看病は慣れてます。……もし不安なら誰《だれ》か呼びますが」

カミラもジークも得意なはずだ。だがハディスは首をゆるく横に振って、ジルが差し出した水差しから水を飲んだ。

「君がいてくれれば十分だ。……林檎《りんご》が食べたい」

「わかりました、お待ちを」

そのまま差し出そうとして、相手が皇帝であることを思い出した。切り分けるために持ってきた小型のナイフを手に取って考える。

（……皮をむかないとまずいよな……よし）

くるんとナイフを一回転させて、林檎に刃《は》を差し入れる。そうっとだ。皮だけをえぐるように刃を動かして、ざくっと実と一緒に切り落とした。

「……」

要は皮がなくなればいいのだ、皮がなくなれば。文句を言うなら皮ごと食べるべきである。

そして再度差しこんだ刃は、やはり林檎を見事にえぐったあげく、ジルの額にその実を当てて落ちる。背後から笑い声が聞こえてきた。

「は、刃物《はもの》の扱《あつか》いに長《た》けてそうなのに、君は意外と不器用なんだな」

「刃物を使えるからといって、誰でも料理を作れるとは限らないだけです」

ぶすっとして言い返すと、ハディスは笑いながら起き上がった。ジルをひょいと抱《だ》きあげて、両脚《りょうあし》の間に置く。そしてジルの背中に覆《おお》い被《かぶ》さるようにして、ナイフと林檎を持つ手をそれぞれ重ねた。

「こうするんだ」

手本のように、ジルの手を動かして綺麗に林檎をむいていく。ジルはされるがままに自分の手元を見つめて、感心した。

「ナイフのほうを動かすのではないのですね」

「そう。……ほら、できた。少しコツを覚えれば君もすぐできるよ」

「……あの」

「ん？」

「……うさぎさんは、できますか。ど、どうしてもあれの作り方がわからなくて……」

誰かの看病するときにあれを作れる女の子になってみたかった。そう告白するのは恥《は》ずかしい気がしたが、ハディスは笑ったりしなかった。

皮はきちんとボウルに捨て、皿の上で器用にむいた林檎を切って芯《しん》を取り、むいた林檎は綺麗に皿にならべて、ハディスはもう一つ林檎を取る。

そうしてジルを抱《かか》えこんだ体勢のまま、また器用にナイフを動かし出した。

大きな手が魔法《まほう》のようにうさぎの林檎を作っていく。おお、とジルは目を輝《かがや》かせた。

「うさぎ……！」

「もう少しあれば、色々飾《かざ》りも作れるんだが」

「飾りも⁉　陛下は天才ですか⁉」

「そんなに難しいことじゃない。……僕には異母の妹や弟もいる。こういうことができれば少しは好かれるかと思って、練習しただけだ」

手を洗おう、と言ってハディスは朝の洗顔用に水がはられたボウルを取って、その中にジルの手も一緒につけた。そのあとはちゃんと手巾で手を拭《ふ》いてくれる過保護ぶりだ。

本当は、弟妹《ていまい》にこうしてやりたかったのだ。

それがわかったから、初夜だとか幼女趣味《しゅみ》だとかいらぬ疑惑《ぎわく》を頭の隅《すみ》に追いやって、ジルはされるがままになっておいた。

「君も林檎を食べるといい」

「はい」

きっと具合が悪くなったとき、林檎をむいてくれる人も、一緒に林檎を食べてくれる人もいなかったんだろう。ハディスが林檎を並べた皿を手にしたジルは、少し考える。

（……今のわたしは子どもだ。おままごとの延長、よし恥ずかしくない！）

寝台の上でハディスに向き直る。そして可愛いウサギの形をした林檎を、ハディスの口元まで持っていった。

「はい、陛下。口をあけてください」

「……僕がか？」

「そうですよ。陛下はただの酔っ払いですけど、看病が必要でしょう」

金色の目が戸惑《とまど》っている。だが結局、ハディスは口をあけて、林檎をかじった。

もぐもぐ林檎を食べるその動作と美しい顔の造形の差異がおかしくて、ジルは笑う。ハディスはむっとしたようだが、きちんと口の中のものを嚙《か》んで飲みこんでからしゃべった。行儀《ぎょうぎ》のよさを、とてもらしいなと思う。

「どうして笑うんだ。食べろと言ったのは君じゃないか」

「可愛《かわい》いなと思って。弟を思い出します」

「……弟？」

限界まで眉《まゆ》をよせて、ハディスが聞き返す。はい、とジルは答えた。

「うちは大家族なので、わたしは姉も兄も弟も妹もいるんですよ」

「それはにぎやかで結構だが、僕が弟だって？」

「弟は怖《こわ》い物知らずですので、きっと陛下を怖がったりもしません。……そういえば、実家への連絡《れんらく》はまだですよね。大丈夫だと思いますが」

「大丈夫じゃない。僕が弟っていったいどういう……いや、弟は家族だな……？」

「そうですね。両親は求婚《きゅうこん》の場面は見ていましたし、わたしが戻《もど》ってこないということは、自力で逃《に》げられない強い男につかまったということで、それならしかたないと言うでしょうし」

ハディスは釈然《しゃくぜん》としない顔で、今度は自分の手で林檎を食べた。

「家族って、そういうものか？」

「うちはそうです。わたしが助けを求めればまた話は別ですが、強いは正義が家訓なので」

ジルも林檎を食べる。少しクレイトス産よりも酸味がある気がした。が、これはこれでさっぱりしていておいしい。

「……そうだ。あの、ありがとうございました」

「なんのことだ？」

「今回のことです。わたしの希望を叶《かな》えてくださったから」

ハディスは都合の悪いことを言いかねないヒューゴを殺せたし、ベイル侯爵《こうしゃく》だってあの場で処刑《しょけい》できた。

そうしなかったのは、ジルが全部助けようとしたのを汲《く》んでくれたからだ。

「……だって、君は嫌《きら》いだろう。恐怖《きょうふ》政治とか、皆殺《みなごろ》しとか、そういうの」

「それはもちろん。でも、全部を助ける戦い方なんてしたことがありません。今回、うまくいくのか自信はなかったです」

「……そうなのか？」

意外そうな顔をされて、ジルは苦笑《くしょう》した。

「そうです。今まではどちらかといえば自分の希望より、命令優先、みたいな……」

軍人なのだから命令に従うのは当然だ。でなければ軍が機能しない。それにジェラルドの命令はいつも効率的で完璧《かんぺき》で、おかしなところはなかった。だから、不満はなかった。

「それじゃあ、君が僕のお嫁《よめ》さんじゃなくて部下みたいじゃないか」

不思議そうにハディスに言われて、胸がうずいた。続けようとしていた言葉に、なぜか恥ずかしさがこみあげる。

「その……だ、だから陛下に助けていただけたの、すごく嬉《うれ》しかったです……」

「そんなこと、わざわざ感謝しなくていい。お嫁さんを助けるのは、当たり前だし」

「……でも、そのせいで陛下がベイル侯爵にあんなひどいことを言われてしまって……」

ごめんなさいは違《ちが》うだろう。

ジルはくるりと振《ふ》り向いてハディスの手に、小さな両手を重ねた。

「わたしは呪《のろ》われていてもなんでも、陛下に生きていてほしいです。だから今度、あんなふうに言われたら言い返してください。わたしがいるって、言ってくださいね」

二度と、あんな悲しい肯定《こうてい》はさせない。そう胸に誓《ちか》うジルから、ハディスはぱっと手を払《はら》いのけた。みるみるうちに頰《ほお》を赤く染め、乙女《おとめ》のように恥じらう。

「君……実は僕が大好きだろう？」

「……はい？」

「でなければ僕に生きていてほしいだなんて言わない！」

「好意の下限が低すぎませんか⁉　家族なら当然、そう思います！」

言ってから、ハディスは家族との交流がないことを思い出して、また失言かと焦《あせ》った。

だがハディスは傷ついたというよりは冷めたといった感じで、いきなり半眼になる。

「なるほど、それで僕は弟なのか……」

「え？　あ、はい、そういうことです」

やけに理解が早いなと思っていると、ハディスは林檎《りんご》がのった皿をジルから取りあげ、シーツを体に巻きつけた。

「陛下？」

「……さっきから震《ふる》えが……水を飲み過ぎたかもしれない、寒い……」

「そういうことは早く言ってください！」

もう一枚のシーツとすぐそばに脱《ぬ》ぎ捨ててあった上着をひっつかみ、ハディスを寝転《ねころ》がしてばさばさと上からかける。だがふと触《ふ》れたハディスの頬は冷たかった。あたたまるまで時間がかかるかもしれない。

「……失礼しますね、陛下」

断ってから、ジルはハディスのシーツに潜《もぐ》りこんだ。体が小さいせいで長さも幅《はば》も足りないが、体温は高いほうだ。湯たんぽがわりにはなる。

枕《まくら》に頭を横たえているハディスの首元近くから、顔を出す。

「こちらのほうが早くあたたまりますので」

「……ああ、そうだな」

ハディスが両腕《りょううで》をジルの体に巻きつける。薄暗《うすくら》がりの中で、金色の瞳《ひとみ》が凶暴《きょうぼう》に笑った。

「つかまえた」

一拍《いっぱく》おいて、ジルは気づく。

「だ、だましっ……!?」

「だって、夫を弟扱《あつか》いするなんて、おかしいじゃないか。許せない」

「さ、寒いと言うから心配したのに！」

「いや、寒いのは本当だ。足の指の感覚がない。ちょっとまずい気がする」

そう言われると安易に離《はな》れられないではないか。

（くそ、子どもっぽいからつい油断した……！）

恥ずかしいやら悔《くや》しいやらでうつむくと、ぎゅっと抱《だ》きしめられた。

「大丈夫《だいじょうぶ》だ、何もしない」

当然だ。でも何を答えても負け惜《お》しみになる気がしたので、黙《だま》っておく。

「知ってるか？　夫婦《ふうふ》って、妻は夫を好きになっていいってことなんだ」

「……陛下はそればっかりですね。ご自分はどうなんですか」

「だって君を好きになるなんてそんなひどいこと、僕はしたくない」

どういう意味だろう。でも、知ってはいけない気がする。

「なあ、僕を好きになってみないか」

恋《こい》を錯覚《さっかく》しそうな、甘い声だった。

「でないと僕は君を全部、暴《あば》いてやりたくなってしまう」

やってみろ、と唇《くちびる》を噛む。中身は十六歳、初恋《はつこい》もすませて、手ひどい失恋も経験した。

知りたいだなんて好奇心《こうきしん》に負けて、深入りはしない。先に好きになったりはしない。

だから頬が熱い意味にも、わからないふりができる。

――と決意しながらあっさり寝落ちたジルを、ハディスは見おろしていた。

「子どもなのだか大人なのだか、よくわからないな？」

だが悪くない。

十四歳未満、ラーヴェが見えるだけの魔力《まりょく》を持つこと。それ以上なんて望んでいなかったのに、思った以上の逸材《いつざい》だ。求婚されたときとは別の意味で、浮《う》かれてきた。

（僕をしあわせにする？　生きていてほしい？　本気で？）

なんて傲慢《ごうまん》さだろうか。そんなことできるわけがないと嘲笑《ちょうしょう》する気持ちと、やってみろという期待がないまぜになって、わけのわからない高揚《こうよう》が止まらない。

彼女はわかっていない。どれだけ自分が危険なものに触れようとしているのか――でなければ、ハディスの内側にむやみに手を突《つ》っこむようなことばかり言わないだろう。

（でももう遅《おそ》い）

いつかお嫁さんができたら、ひざまずいて敬意を払うと決めていた。それがせめてもの、ハディスの誠意だった。自分を好きになってくれないかなんて戯《たわむ》れみたいなもので、嫌われなければそれでいいと思っていた。

それなのに彼女がやたらと煽《あお》るものだから、逃げ出すまで追い回してやりたくなってきたではないか。

『……そこでかっこつけようとか思ってくれるなら、まだ俺も安心できるんだけどなー……試《ため》し行動かよ、子どもの』

体の内側から半分寝ぼけたような声があがった。ラーヴェだ。ジルを起こさないよう、思考だけでハディスは応じる。

(少しくらいいいじゃないか。もう女神《めがみ》は手出しはできないはずだってお前が言ったんだ)

『他《ほか》に手段があるって言ってたのはお前だ。それにこの嬢《じょう》ちゃん、お前とは互《たが》いに利益だけの関係めざすとか言ってたぞ。無理に迫《せま》るとマジで嫌われるぞ。いいのか？』

(別に、慣れている)

だから好かれてみたい。そう、自分は愛されたいのだ、彼女に。

恋はしない。そう言う彼女のかたくなさを暴いて中身を引きずり出す。

自分の中身が暴かれる前にだ。――そのためには。

「明日《あした》の朝食においしいパンを作らねば……！」

『……あーうん。頑張《がんば》れよ、俺は寝てるから』

第四章　お菓子と槍と剣の強襲

まずいなとジルは感じていた。原因はハディスだ。

「今日の鴨肉《かもにく》のローストは我ながら絶妙《ぜつみょう》の火加減でできたと思う」

「そ、そうみたい、ですね……」

「ソースで食べるのもいいんだが、チーズやゆでた卵と一緒《いっしょ》にバゲットにはさんで……香草《こうそう》を入れるのもまたいいんだ。さあ、どうぞ」

食堂の長細い食卓《しょくたく》――ではなく、中庭の東屋《あずまや》に持ちこんだ編み籠《かご》の中からハディスが食材を並べ、鴨肉のローストがはさまったバゲットサンドを作って差し出してくれる。

差し出されるまま受け取ったジルは、一口食べてむせび泣きそうになった。

「おいしいかい？」

「は、はい、とても……！　それはもう本当に、とてもおいしいです……！」

「それはよかった。……で、僕に恋をしたか？」

小首をかしげられて、ジルは白けた顔を返す。

「なりません。何回するんですか、その話」

「当然、君が頷《うなず》くまで」

にこにこハディスは笑っているが、その目は完全に獲物《えもの》を狩《か》る獣《けもの》の目になっている。

(なんか変な方向に目をつけられた気がする)

だが、ご飯がおいしい。そしてハディスは、それをいいことにひたすらジルの胃を掌握《しょうあく》しにかかっている。

ベイル侯爵《こうしゃく》の一件が片づいてすぐ帝都に向かうかと思いきや、ハディスは「迎《むか》えがこない」という理由でベイルブルグの城に留《とど》まってしまった。そして城の使用人もすべて面接し直し、どうせだったら貿易都市にしたいと商会と話し合いを始め、事後処理も含めすさまじい事務処理能力を発揮して、あっという間にベイルブルグの新しい領主として君臨した。

北方師団もヒューゴを含《ふく》めて編制し直し、軍港復興の予算をベイル侯爵家から吐《は》き出させ、ど
帝都に戻《もど》らなくていいのかと聞いたら、皇帝《こうてい》の自分がいるところが帝都なので迎えがないなら遷都《せんと》しようなどと言い出した。この間、『帝都殲滅戦《せんめつせん》』なる作戦案を作って遊んでいるのを見かけてしまった。暇《ひま》を持て余した高貴な方の遊びだ。

(本気にされても知らないぞ、それ)

それだけならこの若き皇帝は恐《おそ》ろしく優秀《ゆうしゅう》なのだなと感心するだけですむのだが、無駄《むだ》に有能な皇帝はきちんと時間をやりくりしてジルの食生活を管理し始めたのである。

最初は毒殺をふせぐためかと思ったら、どうも違《ちが》うとすぐ気づいた。

「せめて、どんな男が好みなのかくらい教えてくれないか？」

あろうことか今、ジルは口説かれているらしい。

嫌《きら》われたくない、好かれたい。散々そう聞いていたが、今までは嫌われたくない思いのほうが強かったのだろう。ハディスは露骨《ろこつ》にしかけてこなかった。

それがこの変わりよう——原因がさっぱりわからないジルは、牽制《けんせい》するしかない。

「十歳の子どもにそんなことを真顔で聞かないでください」

「十歳だろうがひとりの女性だ。年齢《ねんれい》を言い訳にするべきじゃない」

「大変立派なお考えですが、結婚《けっこん》するなら、好みとかどうでもいいんじゃないですか？」

「妻を口説くなって言うのか？　ひどい、夫に対する冒瀆《ぼうとく》だ」

むくれた口調に、思い切り冷たい目を向けてやる。

そうするとなぜか嬉《うれ》しそうに微笑《ほほえ》み返された。好みの顔なのが腹立たしい。

「最近、君に冷たい目で見られるのもいいなって思うようになってきた」

やっぱり変態じゃないのか、この男。じと目になったジルの顔を、懲《こ》りずにハディスは覗《のぞ》きこんでくる。

「僕を好きになってくれたら、君の好物を毎日作るって約束する」

「物で人を釣《つ》ろうとするのどうかと思います、ご馳走様《ちそうさま》でした！　ではわたしはこれで」

「まだデザートがあるのに？」

振《ふ》り返ると、ハディスが紙に包まれたパイを取り出す。

物で釣られたジルは、無言で着席し直した。

「あぁ、いたいた。ジルちゃーん……と、やっぱり一緒にいるのねぇ皇帝陛下」

悔《くや》しいのでひたすら食べていると、カミラが中庭の小川を跳《と》び越《こ》えてやってきた。ジークも一緒だ。

ふたりとも、北方師団の制服こそ着ているが、階級を示すバッジをはずし、肩《かた》から飾《かざ》り紐《ひも》付きの短いマントを羽織って一見そうだとわからなくしてある。転職したからだ。

それを示すように、ふたりそろって跪《ひざまず》く。ハディスではなく、ジルに。

「我らが姫君《ひめぎみ》におかれましてはご機嫌麗《きげんうるわ》しく。でもお勉強の時間よ、ジルちゃん」

「皇帝陛下もおられるとは知らず、失礼しました。……迎えにきたぞ、解散だ解散」

「そうか……もうお別れの時間か……さみしいな」

しょぼんとしたハディスに、ジークが顔をあげて後頭部をかく。

「そんな大袈裟《おおげさ》な……一、二時間だけだ。菓子でも作って待つのはどうだ、皇帝陛下」

「そうよぉ。アタシたちと一緒に待ちましょ陛下、ね。お留守番よ、お留守番」

「わかった。君たちはいつも優《やさ》しい……そうだ、よかったらこれを食べてくれないか」

ハディスが差し出したクッキーにカミラとジークが目を輝《かがや》かせる。ジルは思わず唸《うな》った。

「あなたたちまで餌《え》づけされてどうするんですか……！　あと陛下に敬語！　礼儀《れいぎ》！」

「やあねぇそんな堅苦《かたくる》しいのはなしでって言ったの、ジルちゃんじゃない。皇帝陛下だけ仲間外れにしたら可哀想《かわいそう》よ。ねー」

「そうだ、僕だけ仲間外れは駄目《だめ》だ。君たちは色んなことを僕に教えてくれるし」

嬉しそうなハディスに、ものすごく嫌《いや》な予感がした。

その予感をいきなりジークがぶち当てる。

「で、今回はどうだ？　少しは進展したのか、うちの隊長と」

「今ひとつなんだ。何がたりないのかわからない。一生懸命《いっしょうけんめい》、レシピを考案してるんだが」

「あーそればっかりじゃ駄目よ、色んな角度から攻《せ》めなきゃ！　次は贈《おく》り物なんてどう？　ジルちゃんだって年頃《としごろ》の女の子なんだし、可愛《かわい》いぬいぐるみとか！」

「ちょっと待ってください。あなたたち、いったい皇帝陛下に何を教えてるんです……!?」

頭痛をこらえるジルに、カミラとジークが顔を見合わせる。

「何って女の口説き方、と言いたいんだがそれには相手が小さくてこう、俺らも正直どうしていいかわからん。ただ好奇心《こうきしん》は抑《おさ》えきれない」

「そうよねぇ。皇帝陛下ってば可愛いし」

「そ、そうか。僕は可愛いか……」

「陛下はそこで嬉しそうな顔をしないでください！　もうわけがわからない……！」

ジルが両手で顔を覆《おお》うと、ハディスは目をぱちぱちさせたあと、肩を落とした。

「ひょっとして……可愛い男は君の好みじゃないのか……？」

「やだージルちゃんが陛下いじめてるー」

「いくら竜妃《りゅうひ》とはいえ、相手は皇帝陛下だぞ。もう少し言い方に気をつけろ」

「ってなんでわたしが悪くなってるんですか、あなたたちは陛下じゃなくわたしの味方のはずでしょう!?　わたしに剣を捧《ささ》げた『竜妃の騎士《きし》』なんですから……！」

幸せに生きてくれるのならカミラもジークも部下にする気はなかったのだが、軍港の一件でハディスに報奨《ほうしょう》を尋《たず》ねられたふたりは、『竜妃の騎士』になることを願い出た。ラーヴェ帝国《ていこく》では皇帝に竜帝《りゅうてい》という別称《べっしょう》があるように、その妃《きさき》は竜妃とも呼ばれる。その竜妃に忠誠を誓《ちか》った親衛隊のことを『竜妃の騎士』と呼ぶらしい。

肩書《かたが》きこそ立派だが、完全な名誉《めいよ》職でつぶしがきかない。素直《すなお》に昇進《しょうしん》を願えばいいのに、なんでまたそんなものになりたがったのか聞けば、カミラは「楽しそうだから」、ジークは「強さに惚《ほ》れた」と言う。嫌なら拒《こば》めるとハディスに言われたが、ジルはふたりを受け入れた。未練かもしれないが、また新しい関係を築けるならそれはそれで嬉しい。

だが、それが今、思わぬ方向でジルを危機に陥《おとしい》れている。

「気にするな、陛下。隊長は信じられんことに、お前に気があると俺達は見ている」

「本当か⁉」

「そうねぇ、脈はあるとアタシも思うわ。応援《おうえん》してあげるから頑張って！　ジルちゃんはアタシたちの大事なご主人様だし。ジルちゃんのこと、好きなんでしょう？」

「え？　そ、そんなわけがないだろう……！」

途端《とたん》にうろたえたハディスが、顔を赤らめて視線をうろうろさせながらつぶやく。

「ぼ、僕が紫水晶を、好きなんて、そんな……！　す、好き……僕が、紫水晶を。ぼ、僕が、好き……紫水晶を……⁉」

「……おい、まさかこの状況《じょうきょう》で、そこからなのか」

「僕が好きだなんて……え？　紫水晶は、僕が好き……いつのまに⁉」

「待って待って陛下、そこ勝手に入れ替《か》えちゃだめよ！　ヤバい男になっちゃうから」

わかった、とハディスが素直に頷く。ジークとカミラが大きくため息をついているが、ジルからすれば同情の余地はない。自業自得《じごうじとく》だ。

文句を言いつつもちゃっかりハディスの手料理をたいらげたジルは、ぴょんと東屋《あずまや》の椅子《いす》から飛び降りた。

「ご馳走様でした、陛下。では時間ですので、失礼致《いた》します」

「わかった。チーズケーキを作って待ってる」

うぐっとつまったが、にこにこしているハディスに手を振られてしまった。なんだか反抗《はんこう》するだけ無駄な気分になって、さっさと踵《きびす》を返す。

「あれで自覚がないとはな……さて、どうしたものか」

「でも自覚させたらああいうの面白《おもしろ》いわよぉ、絶対遊べるわー」

「陛下とわたしで遊ぶのはやめてください」

背後についてくる騎士ふたりをじろりとにらんだら、カミラが大きく目を見開いた。

「何を言ってるのよジルちゃん！　あなた、いくら強いって言ったって、ここじゃ仮想敵国の人間なのよ？　後ろ盾《だて》は陛下の寵愛《ちょうあい》だけしかないのよ⁉」

「そうだ。主人であるお前の立場を強固にするのも、部下の仕事だからな。いいか、あの皇帝《こうてい》を確実に手籠《てご》めにしろ」

おそろしくまっとうな意見を部下達から返されて、中庭の真ん中で思わずたじたじとなる。

「て、手籠めって……」

「お前ならできるだろう。ベイル侯爵令嬢《こうしゃくれいじょう》より簡単じゃないのか、あの皇帝」

「そうよーちゃちゃっと押し倒《たお》してものにしちゃいなさいよぉ」

「十歳の子どもに何をさせようとしてるんですか!?」

「アタシたち、ジルちゃんを子ども扱《あつか》いしないことにしたから」

「そうだな。それにあの皇帝のためにあそこまでしたんだ。嫌いではないんだろう？」

ジークの冷静な質問に、今度は視線をうろうろさせるはめになった。

「そ、それは、もちろん。ただ、わたしと陛下はそういうのではなくて」

「これは忠告だがな。嫌なら、食事に誘《さそ》われてもほいほい男についていくな」

「う。それは……だって食べ物に罪はないし、おいしいし、本当においしい……！」

「でも男に期待させるわよぉ、そういう態度。陛下とは形だけですって言うなら、きっぱり断らなきゃだめよー」

「そ、そうなんですか……？」

だんだん自分の対応に自信がなくなってきた。

しどろもどろになっていくジルに、カミラが目をまばたく。

「こっちも意外ねぇ。自覚なくやってるの？」

「逆に年齢《ねんれい》相応じゃないのか？　俺達も感覚がおかしくなってる気がするぞ」

「でもアタシたちはジルちゃんの味方よ。皇帝陛下といえど、あんな幼稚《ようち》な求愛だもの。そんなに重く受け止めずに、いつもみたいにクールに流しちゃえばいいじゃない」

「そ、そんなこと簡単に言われても……男性に口説かれるなんて初めてなので、対処がわかりません」

言っている間に頬《ほお》に熱があがってきた。

背後も黙《だま》ってしまったせいで、ちちちと小鳥のさえずりが聞こえる。と思ったら突然《とつぜん》背後からカミラに抱《だ》きつかれた。

「やーん可愛い～！　可愛い、ジルちゃん可愛い！」

「なんだ、あと一押しじゃないか。おままごとみたいな夫婦《ふうふ》だが」

「だ、だから、早とちりしないでください！　夫婦になるからこそ、愛だの恋《こい》だの持ちこむつもりはないんです。陛下が間違《まちが》えたとき、いさめられなくなるので」

言い切ると、ぎゅうぎゅうジルを抱きしめていたカミラの腕《うで》から力が抜《ぬ》けた。

「ずいぶん枯《か》れた言い方するのねぇ……年齢差はともかく、あの皇帝サマ、すごくかっこいいのに。きゃーってなったり、ぼわわーってなったりしないの？」

そんな、思うだけでしあわせで、頑張《がんば》れて、胸が弾《はず》む恋心なんて。

「……もう経験しました、十分です」

「うっそぉ！　早すぎでしょ！　どういうことよ!?」

「俺に聞くな。まあ……何があったかは知らんが、結論を焦《あせ》ることはないんじゃないか。お前は実際まだ子どもだし、あの皇帝も中身が子どもだしな」

ぽん、と頭の上にジークの手がのった。

(でもそのせいで、お前たちまで巻きこんで、わたしは)

不意にこみあげた後悔《こうかい》に、唇《くちびる》をかむ。そう、ジルの初恋は色んなものを巻きこんで、すべて駄目にした。

だから今度は、間違えるわけにはいかないのだ。

「ジル様！　ジル様、大変です……！　あっ⁉」

スフィアが、回廊《かいろう》から中庭へ踏《ふ》み出すなり、頭からこけた。カミラがそれを助けにいく。

「しっかりしなさいよぉ、スフィアちゃん。ジルちゃんの先生なんでしょ」

「う、うう……失礼しました、急いでいて……」

ベイル侯爵《こうしゃく》は後妻達とかつてスフィアがすごした別邸《べってい》で療養《りょうよう》することになった。まだ侯爵は獄中《ごくちゅう》で取り調べ中だが、次の侯爵をスフィアの婿養子《むこようし》にする公文書はすでに提出されている。

スフィアはハディスの決定に異を唱えず、いきなり降ってきた次代侯爵選びという重責からも逃げようとしなかった。それどころか、ジルの家庭教師をつとめながら、婿さがしをしたいと逆手《に》に取ったことをハディスに願った。

そう願うスフィアは、ハディスへの想《おも》いを断《た》ち切ったらしい。父親の助命を感謝してしまう自分にはもうその資格がないと、ジルとふたりでお茶を飲んだときに言っていた。

だが、そのお茶会で刺繍《ししゅう》にさそわれたジルが渋々《しぶしぶ》針を取ったところ、スフィアはめまいを起こして「ダンスは⁉　詩は⁉　礼儀作法《れいぎさほう》は⁉」と叫《さけ》びだした。

総合すると、こんなことでは宮廷《きゅうてい》で生きていけません、というのがスフィアの評価だ。実際に帝都の宮廷で生き抜いたスフィアが言うと説得力しかなく、ジルはスフィアから淑女《しゅくじょ》のなんたるかを学ぶことになったのである。

そのスフィアが走ってやってくるなんて、何事だろうか。

「あの、先ほどジル様宛《あて》にこんな手紙が届いて……急いでお知らせせねばと」

スフィアが握《にぎ》っていた手紙を受け取ったカミラはジルに差し出す。

白い封筒《ふうとう》にはブルーブラックのインクで、ジルの名前が宛《あて》書きされていた。

ジルが今、ラーヴェ帝国に、しかもベイルブルグにいるなんて、家族も把握《はあく》していないはずだ。スフィアが急いで知らせにきたのもわかる。

何より、見覚えのある筆跡《ひっせき》に、嫌《いや》な予感がした。

びりっと端《はじ》を破ったジルは、中を開く。そして絶句した。あまりの衝撃《しょうげき》に、手から封筒と手紙が落ちてしまう。

「ちょ、ちょっとジルちゃん、どうしたの。息してる⁉」

「だ、大丈夫《だいじょうぶ》、です……ちょっとこう、現実逃避《とうひ》したくなっただけで」

「おい風に飛ばされるぞ、手紙……あ」

「――これはこれは。諦《あきら》めないだろう、と思っていたけどね」

先ほどまでの明るさをそいだ、低い声にジルはぎこちなく振《ふ》り向く。

片づけて東屋から出てきたのだろう。足元に落ちた手紙を拾いあげたハディスが微笑《ほほえ》む。

それはもう、ジルも思わず喉《のど》を鳴らすほど、凶悪《きょうあく》さを増した笑顔《えがお》で。

「一国の王太子がここまで情熱的だとは。僕も見習わないといけない。そう思わないかい、僕の紫水晶」

「そ、そういったことでは、ないような、あるような」

「さあ、楽しい歓迎会《かんげいかい》の準備をしよう。受けて立つよ。愛は戦争だ」

笑顔のハディスの目が笑っていない。

ジルは脳内でかつての婚約者《こんやく》を殴《なぐ》りながら頭を抱《かか》える。

(なんで諦めないんだ⁉　わたしを反逆者扱いするならまだしも――)

『今から君を迎《むか》えに行く』

ジェラルド・デア・クレイトスという自著に残る筆跡の癖《くせ》は、今も未来も変わらない。

同時に、クレイトス王国からの使者も到着《とうちゃく》していた。今後の両国の関係について話し合いたい、という先触《さきぶ》れだ。ジル宛の手紙もこの使者が持ってきたものらしい。

公的な扱いではなく、話し合いの場も帝都ではなく明朝に到着するだろうここ水上都市ベイルブルグで、ということだった。時間も心の準備もあったものではない。というか、させる気がないのだろう。

「ジル様、目の焦点《しょうてん》があってません。もっと、淑女らしい笑顔をお願いします」

非公式だが王太子との会談だ。支度《したく》を手伝ってくれることになったスフィアが、ジルの顔を見るなりそう言った。

言われたとおり、ジルは頬を無理矢理あげてみる。

「こうですか？」

「……完全に悪役顔です」

「ではこう」

「もっとだめです。獲物《えもの》を前にして舌なめずりしているようです」

「では、こういった感じは」

「……もう、無表情のほうがましなんじゃない」

出入り口のほうから飛んできたカミラの忠告に、スフィアが嘆息《たんそく》する。

周囲の反応に、申し訳なさがこみあげてきた。

「すみません、可愛《かわい》い笑顔は苦手で……あの、足を動かせるドレスはあるでしょうか。それなら気も休まるのですが」

「足をみせるのですか？　そうですね……そういった流行もありますし、ジル様は子どもですから破廉恥《はれんち》というより可愛らしくていいかもしれません」

「いいえ、そうではなくて足技がかけられないです。あとは太ももの辺りに暗器を仕込めるようガーターを」

「おい。戦場に行くんじゃないぞ、会談だ。それだと、護衛の立場がない」

ジークの意見はもっともだが、ジルとしてはできれば会談相手の息の根を止めたい。スフィアが眉根《まゆね》をよせた。

「……お顔がますます凶悪になっているのですが……」

「地です」

「ジル様は可愛らしい方ですよ。緊張《きんちょう》せず、もっと自信を持ってください。お好きなドレスの色や形はありますか？」

「一息で殺すためには、やはり回し蹴《げ》りができるドレスがいいです」

「……本当にジェラルド王太子がお嫌《きら》いなのだとよくわかりました。ですがジル様、笑顔というのは淑女の武器のひとつですよ」

武器、という言葉にジルは少し反応した。

「事情はどうであれ、クレイトス側ではジル様は拉致《らち》されたという認識《にんしき》なのですよね」

「……はい」

「そうでないと否定するならば、ジル様は幸福でなければなりません。優雅《ゆうが》に、気品を損《そこ》なわず、自分はここで遇《ぐう》されているのだと、笑うのです――このように」

すっと両手を合わせて綺麗《きれい》な姿勢をとったスフィアが、顎《あご》を引いて美しく微笑んだ。

びりっとジルの背中に何かが走る。

（いつものスフィア様じゃない）

穏《おだ》やかに、見る者をほっとさせるような優《やさ》しさのこもった可憐《かれん》な微笑だ。この笑顔を見せられたら幸せなんだろうな、とそのまま信じてしまう。

「どうでしょうか？」

「……スフィア様の言っていることはわかりました。頑張《がんば》ってみます。……スフィア様はお強いのですね」

スフィアが嬉《うれ》しそうに顔をほころばせる。そうするといつものスフィアだ。

「足の開けるドレスを選んできます。理由はともかく、少しでも気持ちを楽にできるほうがいいですから」

そう言ってスフィアはハディスがジルのために用意した衣装部屋に入り、ジルが望むようなドレスを見繕《みつくろ》ってきてくれた。大きなリボンのついた、可愛い色合いのドレスだ。確かに足は動かせそうだが、レースとフリルがたくさんついているので、戦闘《せんとう》になった際は引っかけて破らないように気をつけなければならないと決意を新たにした。

そのあとはひたすら支度だ。肌《はだ》をしっとりさせる薬剤《やくざい》を入れて乳白色になった風呂《ふろ》に入り、薔薇《ばら》水を頬《ほお》や額に叩《たた》きこまれ、乳液を全身に伸《の》ばし、香油《こうゆ》で髪《かみ》をすく。コルセットはいらないと言われてほっとした。子どもだから化粧《けしょう》は薄《うす》く、だが健康的に見えるように、唇は瑞々《みずみず》しさが出るよう蜜《みつ》を塗《ぬ》る。

新しく城に雇《やと》われた使用人達もよくよく心得ていて——というか完全にジルをおもちゃにして、それはもう素晴《すば》らしいお姫様《ひめさま》を作りあげてくれた。

全身鏡で見た際にはちょっと誰《だれ》だかわからなかったくらいだ。

（あとは笑顔、笑顔……！）

頭の中で念じながら、護衛に立つジークとカミラのあとをついて歩く。

大理石の廊下《ろうか》の先、大きな両開きの扉《とびら》の前で、ハディスが立っていた。

ハディスはマントを豪奢《ごうしゃ》なものに替《か》えたくらいで、ほとんどいつもと変わらない。なのに元がいいので、立っているだけで凛《りん》と咲《さ》き誇《ほこ》る花のように美しい。真顔だとなおさらだ。

（……着飾《きかざ》ると逆にわたしがかすむやつだ、これ……）

努力しようと思った笑顔が、今度は別の意味で消えた。

「ジル様をお連れしたわよん、皇帝陛下《こうていへいか》」

カミラに声をかけられたハディスがこちらへと向くなり、笑顔になる。

「スフィア嬢《じょう》の見立てか？　いつもの君もいいけれど、ドレスの君もいいな」

うきうきとした口調でハディスがしゃがみこみ、ジルと目線の高さを合わせて微笑む。

「すごく可愛い。髪も今度、編みこんだらどうかな。僕、そういうの得意だ」

長い指が耳朶《みみたぶ》付近の髪を搦《から》め捕《と》った。不意打ちにジルは慌《あわ》てて逃《に》げる。

「い、今はいいです！　大丈夫です、陛下のほうが可愛いですから！」

「……それは僕が君の好みの男じゃないって話か!?」

「おい、頭がおかしくなる会話はあとにしろ。護衛は本当に部屋の外だけでいいのか」

「あ、ああ……問題ない。公的なものではないそうだし、向こうも王太子ひとりだ」

そりゃあそうだろうとジルは冷めた目で思う。ジェラルドは強いのだ。

(わたしでも試合で勝てたことがない。……何かしかけてこられたら)

ジルの前でしゃがんでいたハディスが、すっと立ちあがる。

「クレイトス側は君が僕に誘拐《ゆうかい》されたと言っている。そうではないという証明もかねて君を同席させるが、君は基本、にこにこしているだけでいい……んだが……なぜ、どんどん怖《こわ》い顔になっていくんだ？」

両の拳《こぶし》を握《にぎ》り、ジルは両目をきつく閉じる。

「申し訳ございません、陛下。敵襲《てきしゅう》だと思うと、殺気がおさえきれず……！」

「そ、そうか……だが、向こうは君を迎えにきてるんだぞ？　少しは気持ちがゆらいだり」

「しません。そもそもジェラルド王太子の本当の目的が、わたしであるはずがありません」

それだけは、はっきりと言い切れる。

「必ずお守りしますので、わたしのそばを離《はな》れないでください、陛下」

「……あっ、ちょっと陛下⁉」

よろめいたハディスが、心臓あたりに手を当てる。陛下、とジルも駆《か》けよった。

「こ、呼吸が……苦しい……！」

「おい大丈夫《だいじょうぶ》か、これからだっていうのに……中止にするか？」

「ちょっとジルちゃん、こんなときに陛下の心臓をもてあそんじゃだめよ」

「は？」

なぜ自分が叱《しか》られるのだろう。ジークに背中をなでられ、カミラに差し出された水を飲んだハディスは、深呼吸をしてジルを抱《だ》きあげた。

「そろそろ時間だ、行こうか」

「本当に大丈夫ですか？　ジェラルド王太子と渡《わた》り合うのに体調不良では……」

「……まさか君は、僕があの王太子に負けるとでも言いたいのか？」

突然《とつぜん》、ひやりとくる口調で言われ、ジルは慌てて首を横に振《ふ》った。

「そ、そんなことはありません」

「ならいいが」

前を向いたハディスの金色の目の奥に光が宿る。目の前で、為政者《いせいしゃ》の顔に変わった。

（……色々あぶなっかしいが、こういうところはちゃんと大人なんだな……）

じいっと見ていると、人差し指で襟元《えりもと》を直したハディスが怪訝《けげん》そうに見返した。

「まだ何か不安でも？」

「可愛い笑顔《えがお》に縁《えん》がない自分がふがいないだけです。陛下と仲睦《なかむつ》まじい夫婦《ふうふ》だと信じさせねばならないのに、ジェラルド殿下《でんか》への殺気がほとばしりすぎて……！」

ハディスがふと目を眇《すが》めた。

「……君、さっきから僕よりあの王太子のことで頭がいっぱいじゃないか？」

「は？　やめてくださいそんなわけないでしょう、速《すみ》やかに息の根を止めたいだけです」

「でも、愛と憎《にく》しみは紙一重《かみひとえ》っていうじゃないか」

とんでもない言いがかりを否定しようとしたが、ハディスの目が据《す》わり始めている。

「……何かあるんじゃないのか、あの王太子と。婚約《こんやく》が内定していた以外にも」

「いいえまったくこれっぽっちも何もありません、あるわけがありません」

事実だ。少なくとも今、この時点でジルとジェラルドは、内定していた婚約が破綻《はたん》しただけの関係である。

だが、ハディスはいらだたしげにジルを廊下におろした。

「予定変更《へんこう》だ、君は置いていく。王太子には会わせない」

「は⁉　そ、そんな、危険です陛下！」

慌ててジルはハディスのマントを両手で引っ張る。振り返ったハディスもマントを取り返そうとつかみ、引っ張り合いになった。

「僕ひとりで行くと言ってるだろう……！　君は留守番だ！」

「それじゃあ、わたしが陛下に誘拐されたって誤解をとけないじゃないですか！」

「それでもだ！　絶対に王太子にはわたさない、君は僕のお嫁《よめ》さんだ！」

「そうですよ！　だから陛下をひとりで行かせるなんてできないんです！　カミラ、ジークも陛下を止めてください！」

「隊長の言い分は正しいんだがな……なんでもめてるんだ、こんなことで」

「ジルちゃん、力業《ちからわざ》じゃだめよ。陛下はやきもち妬《や》いてるんだから」

「え⁉」

ハディスとそろって驚《おどろ》いたせいで、マントがはらりと手から離れてしまった。

しんと廊下に静寂《せいじゃく》が落ちる。

「……」

「ふたりそろってこっちを見るな。自分達で解決してくれ」

「これから仲睦まじい夫婦アピールしなきゃいけないってこと、忘れちゃだめよー」

はっとジルは気づく。もめている場合ではないのだ。時間ももう迫《せま》っている。

「あ、あの陛下、ひとまずここは、仕事ですから」

「……わかっている。君の頭をいっぱいにできない、僕がふがいないだけだ……」

しょげているハディスに、ジルのほうがじわじわ恥《は》ずかしくなってくる。

「あ、あの、陛下……わ、わたし……い、いっぱい陛下のこと、心配してます、よ？」

「それって僕が頼《たよ》りないってことだろう。僕はかっこ悪いって思われてるんだ、君に」

そういうわけでもないと思うのだが、うまく言葉にできない。その間にもハディスは地の底まで落ちていく。

「いいんだ。僕は確かに意気地《いくじ》がない……君が気にしている、可愛《かわい》い態度とやらにも対処方法はあるのに、言い出せなくて……」

「えっ⁉　そ、そういうことは早く言ってください！」

恥《はじ》はすべて背後に蹴《け》っ飛ばすことにして、ジルはハディスに詰《つ》め寄る。

「教えてください、ぜひ」

「で、でもだめだ。荒療治《あらりょうじ》すぎるし、僕らにはまだ早い」

今度はそわそわしながらハディスが目をそらす。だがジルは食いついた。

「どんな荒療治でもわたしは耐《た》えてみせます！　やってください、足手まといは嫌《いや》です！」

「だ……だまされないぞ。また真に受けて、怒《おこ》られたり嫌がられたりしたら……」

「怒りませんし嫌がりません！　勇気を出してください、陛下」

「……。絶対に怒らないし、嫌がらない？」

「はい、お約束します！」

ちょっと考えこんだあと、ハディスはジルを抱きあげた。

「……絶対に絶対に絶対か？」

何度も念押しされて、少し笑ってしまう。積極的に口説こうとしていたようだが、ジルに嫌われるのを怖がるところは変わらないらしい。

「絶対に絶対に絶対に、大丈夫です。わたしに二言はないって、陛下はご存じでしょう？」

「……わかった。君を信じる」

「具体的にどういった策なんでしょうか、陛下」

気合いを入れてハディスを見つめると、ハディスが静かに答えた。

「簡単だ。君の頭を僕でいっぱいにすればいい」

「へ——んぅっ⁉」

がしゃんと物を落とす音が聞こえた。ジークかカミラだろう。

視界をハディスの顔でいっぱいにふさがれたジルは、その音で我に返る。何が起こっているのか、一息もつけないことで理解する。口づけされているのだ。こんな人前で、脈絡《みゃくらく》もなく――混乱が羞恥《しゅうち》になり、怒《いか》りとまざりあいかけたとき、狙《ねら》いすましたようにハディスが瞳《ひとみ》をあけた。喉元《のどもと》を食いちぎらんばかりの壮絶《そうぜつ》な色気をたたえた金色の瞳に、身動きがかなわなくなる。

「――ほら、僕にすぐ隙《すき》を見せる。君は可愛いな」

間近で妖艶《ようえん》に微笑《ほほえ》まれ、呼吸困難もあわせて、ぼんっと頭から湯気が噴《ふ》き出る。そのままぐたりとハディスの首元によりかかった。たぶん、腰《こし》が抜《ぬ》けた。

大事そうにジルを抱《かか》え直したハディスがささやく。

「これで初心《うぶ》で愛らしい少女のできあがりだ。そのままとろけていればいい」

「お、大人の男性として、今の所業はどうかと思うわよ陛下……今のは反則よ……」

「おい、さすがに今のは一発殴《なぐ》らせろ、大人として」

「だってジェラルド王太子に仲を見せつけるには、これが一番だ。僕のことで頭がいっぱいですって顔になればいいいんだ」

怒らない。嫌がらない。約束した。だがひとことだけ、恨《うら》み言を言いたい。

「……は……初めて……だった、のにっ……！」

歩き出そうとしていたハディスと目が合った。ぽっと頬《ほお》を赤くそめたハディスが、おずおず尋《たず》ねる。

「……その……あとで、ふたりきりで、やり直す？」

だが殴らないとは約束していなかったな、とジルは思い出した。

「いきなりの訪問にもかかわらず、こうして対応していただけたこと、感謝を申しあげる。それで、話し合いの内容なのだが……」

広い応接間のテーブルを挟《はさ》んで向かい合ったジェラルドは、語尾《ごび》を弱めた。眼鏡の奥に、困《こん》惑《わく》が浮《う》かんでいる。それはそうだろうなと、ジルは思った。

会談に現れた皇帝《こうてい》陛下の左頰に、くっきり手の跡《あと》がついている。小さな平手の形をしているし、何より派手に音が鳴ったはずなので、ジルに殴られたのだと察するのはたやすい。同じ横長のソファに座っているのに、ジルがハディスから顔を背《そむ》けているのでなおさらだ。

「どうした？　話を続けてくれ」

なのにハディスがにこにこしているので、攻《せ》めあぐねているようだった。

「いえ……ではまず、ジル・サーヴェル嬢《じょう》のお話をうかがいたい」

「だそうだよ」

「話すことなどありません」

冷たい声に、ジェラルドは眉根《まゆね》をよせる。だがハディスは調子を崩《くず》さない。

「すまない。ここにくる前、痴話喧嘩《ちわげんか》をしてしまったんだ」

「痴話喧嘩⁉」

「お客様の前だよ」

思わず怒鳴《どな》ったジルに、ハディスが言い聞かせるように告げる。こんなときばかり大人の顔をするのが、いっそう腹立たしい。

「ジェラルド王子、僕の婚約者はまだ幼い。見逃《みのが》してくれないか。君の責任でもあるんだし」

「……どういう意味か、わかりかねるのだが」

「彼女を迎《むか》えにくるなんて言うから、つい僕も妬いてしまってね」

確かにそんな話はあった。だがどこに嫉妬《しっと》があるのかという余裕《よゆう》の表情で、ハディスは長い足を組み直す。

「帰りたいのかと聞いたら、愛を信じてくれないのかと殴られてしまった」

そんな話は断じてなかったが、ジェラルドの目がすうっと細くなっていくのを見て、ジルは黙《だま》った。

ジルがこうして怒っているのを、ハディスはそういう話に仕立てあげる気なのだ。皇帝なのだ、奸計《かんけい》ですらないこれくらいのごまかしはできて当然だろう。

だが、さすがと思うのも腹が立つ。だまされたと思うともっと腹が立つ。

何より、ハディスの思惑《おもわく》どおり、ジルの頭の中がハディスのことでいっぱいになってしまったのが、一番腹立たしい。長い睫《まつげ》だとか、薄《うす》いのに柔《やわ》らかかった唇《くちびる》の感触《かんしょく》だとか、腰砕《こしくだ》けにされた声の響《ひび》きだとか、油断すると脳裏《のうり》に蘇《よみがえ》る。そのたびに押さえこむのに必死だ。

（もう絶対に油断しない、隙を見せない、やり直させない……！）

心中で繰《く》り返すジルをよそに、ハディスはゆったりと頬杖《ほおづえ》を突《つ》いた。

「サーヴェル家への連絡《れんらく》が遅《おく》れたのはこちらの不手際《ふてぎわ》だ。そこは謝罪しよう。だが、誘拐《ゆうかい》だと疑うのは勘弁《かんべん》願いたいな。反対の頬も殴られてしまう」

「……。皇帝が小さな子どもに殴られるなど、どういった風の吹《ふ》き回しなのだか」

「僕は妻にはひざまずく皇帝だ」

堂々と言い切ったハディスは、組んでいた足をほどき、立ちあがった。

「では、失礼させてもらおう。私的な訪問だってね。ゆっくり観光していってくれ」

「話はまだ終わっていない」

「痴話喧嘩の仲裁《ちゅうさい》でもしてくれるのかな」

ジェラルドはジルを見て、舌打ちした。どうやら痴話喧嘩説を信じたらしい。

そのおかげで、妙《みょう》にすっきりした気分になった。

（こういうやり方もあるのか）

こういう場では愛らしい笑顔《えがお》以外ふさわしくないというのは、どうもジルの思いこみだったらしい。公《おおやけ》の場ではないからこそできた態度だろうが、視野の狭《せま》さを自覚して、ジルはハディスを見る。いつまでも怒っているほうが負けな気がしてきた。

「……別に、仲裁など必要ありません。陛下が誠心誠意、謝ってくだされば」

間違《まちが》ったことは言っていないのに、なぜか頬が赤くなってきた。本当に痴話喧嘩をしているようないたたまれなさを感じる。なのにすべての原因であるハディスは余裕顔だ。

「ああ、いくらでも謝ろう。どうやって君のご機嫌《きげん》をとろうか。こういう悩《なや》みっていいな」

「……別にご機嫌取りなんて、していただかなくても」

「本当にいらない？」

頭の中にご飯とお菓子《かし》が浮かんだので、慌《あわ》てておいしい妄想《もうそう》を振《ふ》り払《はら》う。ハディスは笑いをかみ殺しているようだった。それを横目でにらみつつ、ジルは深呼吸する。

背筋を伸《の》ばし、何やら難しい顔をしているジェラルドを見据《みす》えた。

「そういうことですので、わたしへの心配は無用です。ご迷惑《めいわく》をおかけしたことは謝罪致《いた》します。家族にもわたしから連絡致しますので」

「……クレイトスに戻《もど》る気はないと？　君は私の婚約《こんやく》者に内定していた。王太子妃《ひ》になる未来も家族も故郷も捨ててまで、なぜ？」

「陛下はわたしを必要としてくださっているので」

答えたジルに、ジェラルドが憐《あわ》れむように目を細めた。

「必要、か。なるほど。……では必要がなくなればいいわけだ。そうだな、皇帝陛下」

ハディスは応じなかった。だがジェラルドはソファに背をあずけて続ける。

「十四歳未満で、あなたが示す何かが見えるのが婚約の条件だそうだな。竜神《りゅうじん》が見える魔力《まりょく》を持った少女をさがしているのだと思うが。それは呪《のろ》いをふせぐためだろう？」

凝視《ぎょうし》したジルに、ジェラルドは珍《めずら》しく微笑んでみせた。

ハディスが嘆息《たんそく》と一緒《いっしょ》に、ジルの横に座り直す。

「魔術《まじゅつ》大国クレイトスの王子らしい洞察《どうさつ》力だ。否定はしない」

「皇帝の呪いは、解けていないと言ったら？」

「根拠《こんきょ》がなければ話にならないね」

「先の軍港の一件は私の耳にも入っている。ベイル侯爵《こうしゃく》を生かしたそうだな。政情を考案した英断だ。呪われた皇帝というのは噂《うわさ》だけのことらしいと、住民は安堵《あんど》している。だが呪いが健在なら、ベイル侯爵は死ぬはずだと私は分析《ぶんせき》するが、どうか」

こん、と扉《とびら》を叩《たた》く音が聞こえた。こういうときの知らせは悪いものと決まっている。

だがハディスは迷わなかった。

「入れ」

「ご歓談《かんだん》中、失礼致します」

入ってきたのはミハリだ。先の戦いでハディスの信を得たものの、守りに徹《てっ》する方が性《しょう》に合っていると悟《さと》ったらしく、北方師団から近衛に転職し、今は城の警備をになっている。

ミハリは敬礼したあとに、ジェラルドを見た。客人に聞かせていいことではないが、急いで知らせなければならないと思った、というところか。ハディスの判断を待っているのだ。

ハディスはジェラルドから目を離《はな》さないまま先に尋ねた。

「ベイル侯爵が死んだのか？」

背筋を伸ばし、はいとミハリが応じる。

沈黙《ちんもく》の広がる部屋で、ジェラルドだけがソファに背を沈《しず》めて面白《おもしろ》そうに笑っていた。

自殺しないよう持ちこむ物も厳重に管理されているベイル侯爵は、看守の前で、自らの手で首を絞《し》めて死んだ。助けてくれと言っていたと、看守が証言している。

箝口令《かんこうれい》はしいたが、噂というものはあっという間に広まる。すでに城内だけでなく町にまでベイル侯爵の不可解な死は伝わっていた。しかも、色々尾《お》ひれがついてまわっている。

様子見に町におりてもらったカミラ達から噂を聞いたジルは、自室で大きく嘆息した。

「やっぱり皇帝陛下の呪いだ、ということになってるんですね……」

「マズイ空気よ。呪いはやっぱりおさまってない、ここはベイル侯爵の領土だから町の住民は皆殺《みなごろ》しにされるとか大袈裟《おおげさ》なことになってて、みんな脅《おび》えてるわ」

「軍港で北方師団――ヒューゴと話をしたが、町で煽《あお》ってる奴《やつ》がいるようだな」

「ジェラルド王子が連れてきた連中が煽ってるんでしょうね」

ジルのつぶやきにカミラが首をかしげた。

「どうしてジェラルド王子？　確かにこのタイミングはあやしいとアタシも思うけど……」

「陛下に反目する連中とジェラルド王子がつながっているとすれば、どうですか」

ジェラルドは武人だが、知略にも長《た》けている。ベイル侯爵がハディスに反目する派閥《はばつ》と関《かか》わりがあったのはあきらかだった。だが、それをたどる前にベイル侯爵を始末されたうえ、一度おさまったと思われるハディスの呪いの件を噴出《ふんしゅつ》させられたのだ。

「そもそも、後ろ盾《だて》もない陛下があの若さですんなり皇帝《こうてい》になれたのは『そうすれば呪いがおさまる』と周囲が考えたからでしょう。その前提が崩れれば、今度は呪いをなくすため、その元凶《げんきょう》である陛下の命を奪《うば》おうとする連中が出てきます」

「……皇太子派が勢いを増すってわけね。で、ジェラルド王子は皇太子派を後押しするために動いてるんじゃないかって、ジルちゃんは疑ってるわけね？」

実際、ジルが知るこの先で、ジェラルドは反皇帝派を煽り、情報を抜《ぬ》き、利用してきた。

それはラーヴェ帝国《ていこく》の国力を削《そ》ぐための当然の戦略だ。

「でも、実際どうなんだ。呪いは誇張《こちょう》ではなく、本当に存在するものなのか」

ジークが本質を突いた疑問を投げる。カミラはそれよねぇと頷《うなず》く。

「ベイル侯爵の死に方が普通《ふつう》じゃないことだけは確かだもの」

「詳細《しょうさい》はわからないですが、陛下はわたしがいればおさまる呪いだと言っていました」

このふたりには言っておいたほうがいいだろう。ラーヴェのこと、その祝福のことをかいつまんで話す。はずれない竜妃《りゅうひ》の指輪も見せた。

カミラは両腕《りょううで》を組んで、眉間《みけん》のしわをもむ。

「にわかには信じがたいけど……皇帝陛下が婚約者候補に何が見えるか謎《なぞ》かけをするっていうのは、アタシも聞いたことあるわ。それが竜神ラーヴェ様が見えるかどうかの判断だったってことなら、疑問は氷塊《ひょうかい》するわねぇ」

「俺はもともと魔力とかそういうのわからんからな。隊長がそう言うならそうなんだろうと判断するが……だが、それだと呪いは間違いなくあるってことにならんか？」

「その前に、確認《かくにん》しなきゃならないことがあるでしょ。呪いってなんなのかってことよ」

カミラの意見に、椅子《いす》に座ったままのジルは顔をあげ、反覆《はんぷく》する。

「呪いが、なんなのか……」

「そう。呪いで流されちゃってるけど、それって結局なんなわけ？　どうして竜帝《りゅうてい》が結婚《けっこん》することによっておさまるって仕組みになってるの？　それに、呪いって言うからには呪ってる奴がいるはずでしょ」

「……神話を事実だと想定すれば、女神《めがみ》クレイトスの呪いだろう」

ジークから出た名前に、ジルは素直《すなお》に驚《おどろ》いた。カミラが横髪《よこがみ》をくるくる指にからめて、しかめ面《つら》になる。

「やっぱりそうなるのかしらねぇ……竜神ラーヴェ様自体、神話の存在だし……」

「嫁《よめ》が竜神の盾《たて》になってるくだりが今の状況《じょうきょう》とそっくりだ。関係ないとは言えんだろう」

「え？　ちょっと待ってください。なんですかそれ？」

ジルの質問に、ジークとカミラが顔を見合わせる。ふたりにとっては当たり前の話らしい。

「そういえば、ジルちゃんはクレイトス王国出身だっけ。あら、じゃあひょっとして言い伝えが違《ちが》ったりする？」

「どうなんでしょう。気にしたことがなくて……昔、女神と竜神の間で人間の扱《あつか》いについて意見が対立して争ったんですよね。それで、ひとつの大陸がふたつの国に分かれたって」

人間を愛で守るか、それとも理《ことわり》で導くか。

その教えはそれぞれの国に加護という形で現れている。魔力という愛で守られなんでも実るクレイトスの大地と、知識という理で守られ竜《りゅう》が舞《ま》うラーヴェの空。

「俺達が言っているのは経典にのるような話じゃない、いわゆる民話なんだが……」

「クレイトスとラーヴェはもとは大地と空をふたりで統《す》べる夫婦神《ふうふ》になるはずだったとか、そういうことなら、クレイトスでも聞いたことはあります」

「そうそう、そういう類《たぐ》いの民話よ。女神との対立で大地の恵《めぐ》みが呪いに変わって、ラーヴェの土地に何も育たなくなった時代があったらしいの。でも、竜帝はすごく魔力の強いお嫁さんを――竜妃をもらって、ラキア山脈の山頂に魔法《まほう》の盾を作って女神からの大地の呪いをふせぐことに成功したのよ。このときの魔法の盾が今の国境って言われてるわ」

女神の呪いは竜妃がいればふせげる、というのは確かにジルの状況と同じだ。

「呪いを無効にされて女神は怒《おこ》った。でも女神は本来の姿だと盾にはじかれちゃうから、黒い槍《やり》に化けて、王国の人間に運んでもらって海を渡《わた》って遠路はるばるこっちにくるのよ」

「槍って……女神の聖槍《せいそう》のことですか？　クレイトス王家に代々受け継《つ》がれてる？」

「女神の聖槍は実在するのか、クレイトスに。こっちの竜帝の天剣《てんけん》とあわせて、伝説だとばかり思っていたが」

ジークが感心している。やはり、クレイトスとラーヴェで情報に差があるらしい。

「クレイトス王家に聖槍は実在します。儀式《ぎしき》で使ってるのは模造品《レプリカ》ですが。ラーヴェにはないんですか、天剣」

「何百年か前に突然《とつぜん》消えたって話だ。拝めるなら拝んでみたいもんだな、聖槍も天剣も」

武器好きのジークは興味津々《きょうみしんしん》だが、ジルは内心で首をかしげてしまう。

(てっきり、戦場で陛下が使っていたのは天剣だと思ってたんだが……)

まだ戦争が始まっておらず、表に出てきていないのだろうか。カミラが話を戻《もど》す。

「そこらへんは色々、神話と現実がまざってるんじゃない？　で、女神は素晴《すば》らしい槍ですって竜帝夫婦に献上《けんじょう》されたところで、竜妃を刺《さ》しちゃうの。槍の正体に気づいた竜妃は、天剣で自分の胸をつらぬいて、自分の影《かげ》に女神を閉じこめるのよ。その結果、魔法の盾も消滅《しょうめつ》したけれど、女神様は元の姿に戻れなくなり、大地の呪いもなくなりましたって話。理を守った竜妃の話よ」

神話だ。神話だが、女神の聖槍は実在する。現にジルは、六年後にジェラルドからその武器で攻撃《こうげき》された。

(……それに、ジェラルド王子なら本物の女神の聖槍を持ち出せる)

そのせいで女神の呪いが再発したのだろうか。

ジークが大きなため息と一緒に、顎《あご》に手を当てて思案する。

「だが神話だからな。安易に信じるわけにはいかんだろう。呪いの内容も違う。皇太子の連続変死は、皇帝陛下の即位《そくい》を助けたようなもんだし」

「――ですが、こうも考えられます。そんな呪《のろ》いなどなくても皇帝になるはずだった皇子を、呪われた皇子として孤立《こりつ》させて、皇帝にした」

ラーヴェの言うとおり、皇太子が誰《だれ》ひとり死なずともハディスが皇帝になる運命にあったのだとしたら、皇太子の連続変死は完全に嫌《いや》がらせだ。

「そう言われると、そうねェ……今回のも結局陛下には不利に働いてるし……」

「それに、神話どおりなら呪いの最終目的は竜妃……隊長の命ということになる。それだとますます状況がわからん。魔法の盾があるってことなのか？」

「少なくともわたしは、そんなもの作った覚えはないです。それに、わたしが死んでもクレイトス王国とラーヴェ帝国に溝《みぞ》が入るくらいでしょう。でも、皇帝陛下を孤立させていくのが目的なら……」

だが、そんなことをしてジェラルドになんの得があるだろう。皇太子派の手助けにはなるだろうが、あまりに迂遠《うえん》な方法だ。考えこんで、ふと気づく。

（……そういえば、今頃《いまごろ》起こったんじゃないか？　ベイルブルグの無理心中……）

歴史的に見るなら、ハディスの粛清《しゅくせい》は人々に恐怖《きょうふ》を植えつけた。皇太子派との対立も相まって、ハディスは疎《うと》まれ、孤立したはずだ。

そして今、過程は違えどベイル侯爵《こうしゃく》が死んだ。それがハディスの呪いからくるものだということで、同じ結果が生まれかけている。

なぜ、なんのために、誰が――いやそれよりも先に気にすべきは、ベイルブルグの無理心中を引き起こしたと言われている人物ではないか。

「……スフィア様はどちらに？」

「え？　ああ……陛下と一緒《いっしょ》にベイル侯爵の身元確認に行ったみたいよ。もうそろそろ戻ってくるんじゃない？」

「あんな父親でも、死ねば思うことはあるだろう。そっとしておいたほうがいいだろうな」

ジークの言うことはもっともだ。だが妙《みょう》に胸騒《むなさわ》ぎがした。

「さがしにいきます」

「ええ？　ジルちゃん、ちょっと……あら」

椅子から飛び降りると、扉《とびら》を叩《たた》く音がした。失礼しますという声と一緒に入ってきたのは、まさに今からジルがさがそうとしていた人物だ。

出迎《でむか》えたカミラが、優《やさ》しい笑《え》みを浮《う》かべる。

「戻ってきてたのね、スフィアちゃん。お疲《つか》れ様」

「……はい」

「もう休んだらどうだ。疲れただろう」

「……でも、ご挨拶《あいさつ》を、しないと」

ふらりと左右にゆれるようにしてスフィアがカミラとジークの間をすり抜け、ジルのほうへと踏《ふ》み出す。ジルはスフィアの足取りに眉《まゆ》をひそめ、視線をあげると、瞠目《どうもく》した。

見開かれたままのスフィアの目が真っ黒になっている。そしてスフィアの全身から靄《もや》のように立ちのぼっているのは――ひょっとして魔力《まりょく》ではないのか。

「危ない！」

カミラの叫《さけ》び声よりも早く、スフィアの右手に集約した魔力が黒い槍に変わった。その切っ先をさけて、ジルは距離《きょり》を取る。だがものすごい速さでスフィアが追いついてきた。

「カミラ、ジーク、気をつけろ！　何かがスフィア様の中にいる！」

よく転ぶ鈍《にぶ》い女の子の動きではない。黒い槍を振《ふ》り下ろす動作も、踏み出す一歩も歴戦の武人のそれだ。なのに瞳孔《どうこう》が開きっぱなしのスフィアの目はどこも見ていない。

「ちょロちょろ、と、小娘《こむすめ》が」

「――誰だ」

にたりと口端《くちはじ》だけを持ちあげて、スフィアが振り向いた。その動きでさえおかしい。操《あやつ》り人形のようだ。

「わたシは、私は……私こそが、竜帝の、妻。お前は――偽者《にせもの》だ」

スフィアの服の裾《すそ》だけを綺麗《きれい》にカミラが射貫《いぬ》き、家具に縫《ぬ》い止めようとする。だがそれを引きちぎり、腕《うで》をつかんだジークも振り払《はら》い、スフィアがまっすぐ突進《とっしん》してきた。

宙返りしたジルは、スフィアの背中を羽交《はが》い締《じ》めにする。だがスフィアの手から落ちた黒い槍がぐるりと反転してその切っ先をジルに定める。

(この槍だけ自立して動くのか！　むしろこいつが本体か⁉)

スフィアを突《つ》き飛ばし、ジルはまっすぐ飛んできた槍を間一髪《かんいっぱつ》でよける。だが、いつの間にかもうひとつ部屋に増えていた影に、目を瞠《みは》った。

「陛下！」

床《ゆか》に転がったスフィアに、ハディスが剣を振り下ろそうとしている。

黒い槍の存在をかすませる光り輝《かがや》く白銀の剣――戦場で見た、一閃《いっせん》で大地をわる神器。それがためらいもなくスフィアの心臓を狙《ねら》う。床を蹴《け》ったジルはスフィアを抱《だ》いてハディスの剣をよけ、床に転がった。

「陛下、スフィア様は何かに操られて――」

「それごと殺す」

明確なハディスの殺意に、ジルは説得の言葉を呑《の》む。腕の中でスフィアが笑い出した。

「殺す？　私を？　あなたを愛してあげられるのは私だけなのに！」

「おい隊長、うしろ！」

振り向いたときは先ほどよけた槍がこちらに飛んできていた。だがそれがジルの背中に突き刺さる前に、ハディスがつかむ。皮膚《ひふ》が焼けるような嫌な臭《にお》いと煙《けむり》があがった。

「陛下……！」

「――ふふ、逃《に》がさないわ」

スフィアのつぶやきと一緒に、ハディスの手から腕へとつきまとうように槍が絡《から》みついていく。融解《ゆうかい》した黒い靄は、やがてジルの目の前で女の形になって、ハディスの頰《ほお》に手を伸《の》ばした。まるで恋人《こいびと》にすりよるように。

「あなたには、私しかいないのよ」

背後からジルはその黒い女の首をつかんだ。

目も何も判別できないそれと、はっきり視線をかわす。告げるのは一言だけだ。

「うせろ」

魔力をこめる。

ぱんと派手な音を立てて黒い女が破裂《はれつ》し、床に黒い染《し》みを落とした。だがその染みもすぐに蒸発するようにしてかき消える。

「いなくなった？」

矢をかまえたままカミラに尋《たず》ねられ、ジルは頷《うなず》く。

「気配は消えました。……陛下、手に怪我《けが》をなさったのでは」

「どうして助けた？　君がかばわなければ殺せた」

ハディスの冷たい声と目に、ジルは気絶したスフィアを抱く腕に力をこめる。

「スフィア様は何者かに操られていました。本人に罪はありません」

「そういう問題じゃない。あれは狡猾《こうかつ》な女だ。今だって彼女の中に潜《ひそ》んでいるかもしれない」

「スフィア様を傷つけずとも対処する方法をまず考えるべきです！」

「それを判断するのは僕だ、君ではない」

「ならせめて事情を説明してください！　さっきのはなんですか。あの黒い槍《やり》は？　女神《めがみ》クレイトスの聖槍《せいそう》ですか」

「説明する必要はない。いいからスフィア嬢《じょう》を離《はな》せ、皇帝《こうてい》命令だ。苦しませはしない」

「では、さっきの者が竜帝《りゅうてい》の妻だと名乗ったのはどういうことですか？　わたしを偽者だとも言いました。あなたの妻は、竜妃《りゅうひ》は、わたしのはずです」

ハディスは眉ひとつ動かさなかった。それどころか、ジルを見てすらいない。憎々《にくにく》しげにただ、あの槍が消えた跡《あと》を睨《ね》めつけている。だからジルは大声を出した。

「わたしは聞く権利があるはずです、陛下！」

「……まさか浮気《うわき》をとがめるようなことを言われるとは思わなかった。僕を愛してもいない君から」

返答につまったジルに気づいているのかいないのか、ハディスは一歩離れた。

「まあいい。あれの動きを封《ふう》じるのが先決だ。カミラ、ジーク。君たちは引き続き僕の妻の警護を。ミハリ、いるか」

呼びかけに扉の向こうからミハリが姿を現す。

「北方師団に命令だ。ベイルブルグの女性をすべて城に連行しろ、今すぐに」

「は、はい？」

「町にはふれを出せ。女性にとりつく化け物が入りこんだ。特に十四歳以上の女性に気をつけろ。もし暴れたら即座《そくざ》に殺せ。……女神の器《うつわ》に適合する女性など、ラーヴェにいるとは思えないが、復活されたら厄介《やっかい》だ」

小さなハディスのつぶやきに、ジルは息を吞む。

本来の姿に戻《もど》れなくなった女神クレイトス。その女神が目覚めたのは十四歳だ。それらがただの神話ではなく事実をなぞっていたとして、竜神《りゅうじん》と同じように女神も生まれ変わるのだとしたら、ラーヴェにハディスがいるように、必ず女神にも人間の器がいる。

(竜神が実在するんだ。なら、女神だって実在してもおかしくない)

狡猾な女。ハディスは確かにそう言った。それは存在を認めている言葉だ。

(つまり、十四歳未満というあの条件は……)

──女神が器にできない、決して女神にはならない女性。女神をはじくための条件だ。

「例外は一切《いっさい》認めない。拒《こば》めば反逆罪とみなす。名目は避難《ひなん》だ。僕の結界内で監視《かんし》する。スフィア嬢もそこへ」

「陛下、そんなことをしたら住民の反発を招きます！　ただでさえ、呪《のろ》いだなんて言われているこんなときに！」

「だからなんだ。殺さなければ文句はないだろう。これでも君に譲歩《じょうほ》したつもりだよ。僕は妻にはひざまずくと決めているからな」

反論を許さない声で言い切って、ハディスは踵《きびす》を返す。

あの虐殺《ぎゃくさつ》を命じた戦場と同じだ。金色の瞳《ひとみ》はもう、ジルなど映していない。

「何がっ、妻にはひざまずくだ、あの馬鹿《ばか》夫!!　話をする気すらないくせに……！」

ひとり、寝台《しんだい》の上でジルは柔《やわ》らかい枕《まくら》を振り上げてはおろす。八つ当たりだとはわかっていても、腹の虫がおさまらない。

時刻は深夜だ。ハディスはあれきり、夕食時も姿を現さなかった。住民の避難と称《しょう》して深夜にもかかわらず皆《みな》が忙《いそが》しく走り回っている。それらの作業に、ジルは一切関《かか》わらせてもらえなかった。スフィアもハディスが決めた保護先に連れて行かれてしまった。

（……嫌《いや》な予感がする。っていうか嫌な予感しかしない）

枕を抱いたまま、横に転がった。何かあったときのため、寝間着《ねまき》は着ていない。

呪いだか女神だか黒い槍だか、ともかく今、何かがこちらを攻《せ》めてきている。ハディスの言葉を信じるならば、十四歳以上の女性にとりついて操れるらしい。

それ故《ゆえ》に、ハディスの策は単純明快だ。ひとまず目につく女性を全員城に閉じこめて、監視するというのである。

（……でも黒い槍のまま動いてたよな？　つまりあれは魔力の塊《かたまり》で、人にも取りつくが、意思を持ってるんじゃないのか）

意思を持った武器なんて、どう考えても女神クレイトスの聖槍ではないだろうか。

だとすれば、竜帝の妻だなどと言い放ったことも頷けるものがある。

「女神クレイトスと竜帝ラーヴェは夫婦《ふうふ》神になるはずだった、というあの俗説《ぞくせつ》は正解だったわけか……つまり、わたしはそれに巻きこまれているわけか？」

勘弁《かんべん》してほしい。長いため息が出た。だが、ハディスにまとわりつくあれを追い払《はら》ったのはジルなのだ。手を出してしまった以上、確実に敵として認識《にんしき》されただろう。

(早まった。なんでわたしはもう少し、考えて動けないのか……)

——僕を愛してもいない君から。

そのとおりだ。なのにどうして手を出した。ただスフィアを助けるだけで、ハディスがあの黒い何かを追い払うのを見ていればよかったのだ。

それなのに——そこから導かれる結論なんてひとつしかないではないか。

(ちょっと冷静になろう、自分。どこがいいんだ。血を吐《は》いて倒《たお》れるし、周囲の評判や男性としての頼《たよ》りがいだけなら、ジェラルド王子のほうがいいぞ。嫌だけど)

でも、料理がおいしい。うさぎの林檎《りんご》を作ってくれた。罵倒《ばとう》されてもジルの希望を叶《かな》えてくれた。愛を求めてくれた。

部下ではない、本当の夫婦になろうと、願ってくれた。

(……つまりわたしは、期待しているのか)

今度こそ、利用されたままで終わらずに、お互《たが》いに助け合い支え合うような、恋《こい》をできるのかもしれないと——この状況《じょうきょう》になっても。

「……そういえば、助けてもらった礼を陛下に言い損《そこ》ねたな」

手の怪我は大丈夫《だいじょうぶ》だろうか。ちゃんと手当てしたのだろうか。そう考えると落ち着かなくなってきた。

まず話をするべきだ。それが無理でもせめて、礼くらいはしよう。そう思ってジルは起き上がる。ハディスがもう休んでいたら、引きさがればいい。

何より、自分の気持ちを確かめたい。でなければ結論が出せない。

いつもの上着を羽織り、寝室《しんしつ》の大きな扉《とびら》を押し開いたら、その先に人影《ひとかげ》があった。

「陛下？」

目を丸くしたジルと同じくらい驚《おどろ》いた顔で、ハディスが息を呑《の》んで固まっている。どうも寝室の扉の前に突《つ》っ立っていたらしい。

「……どうしたんですか」

「……き、君こそ」

「だー何やってんだよ、よかったじゃねぇか嬢ちゃん起きてて！　ほらいけ謝れ！」

いきなりハディスの背後から飛び出たラーヴェが、その後頭部をべしっと尻尾《しっぽ》で叩《たた》いた。

「謝れって……僕の判断は間違《まちが》ってない」

「いいから謝るんだよ、こういうときはなんでもいいからまず謝っとくんだよ！　お前、顔はいいんだから雰囲気《ふんいき》でごまかせ！」

それを本人の前で言ってどうするると思ったが、ハディスはふんとそっぽを向いた。

「そういうの、どうかと思うな僕は。感心しない」

「お前、いいところは顔だけのくせに今更《いまさら》まともぶるな！」

「失礼な、僕はずっとまともだ。だから僕は悪くない」

「……で、つまり何をしにいらっしゃったんですか」

ジルの一言にハディスがひるんだ顔をした。ハディスの肩《かた》の上でラーヴェが嘆息《たんそく》する。

「俺には強気で言い返すくせになー……嬢ちゃんを前にするとこれだよ」

「うるさいラーヴェ。……僕は、悪くない。間違ったことは言ってない。でも」

皇帝らしい冷たい目をしていたハディスのまなじりが、いきなりさがった。

「……君に、嫌《きら》われるのは…………………………。……だったら君はどうなんだ⁉」

「今度は逆ギレかよ……」

「……。陛下、手を見せてください」

埒《らち》があかないと、ジルはひとりで百面相しているハディスの左手を取った。ジルを守るために黒い槍《やり》をつかんだ手のひらには、はっきりとやけどのあとがあった。

「手当てはなさったんですか？」

「べ、別に痛くないし……明日《あした》になれば治ってる」

「そういう問題じゃありません。痛くないわけないでしょう。──綺麗《きれい》な手なのに」

低く告げたジルに、どこかそわそわしていたハディスがぴたりと動きを止めた。

「……。お、怒《おこ》ってる……の、かな？」

「せめて軟膏《なんこう》を塗《ぬ》りましょう。あと、包帯も一応……中に入ってください」

扉をあけて、部屋の中へと手をひく。だがハディスは動かなかった。

「……今は、優《やさ》しくしないでくれ。どうしていいか、わからなくなる」

あげく、ハディスが弱ったように言うものだから、かちんときた。

「でしたら陛下も軽々しく謝りになんてこないでください」

「あ、謝りにきたわけじゃない。ただ……」

「ただなんですか、皇帝《こうてい》なら皇帝らしく貫《つらぬ》いてください。……大体、陛下はいつも、わたしに嫌われたくないとか好かれたいとか、惑《まど》わすようなことばかり……！」

「ま、惑わす？　君を？　ちょっと待て、話がよくわからな――」

「何が僕を好きになってくれですか、ふざけないでください。わたしが気づいてないとでも思っているんですか。――お前は、わたしの名前を呼んだこともないじゃないか！」

ハディスが金色の両目を見開いた。肩で息をしたジルは舌打ちしたくなる。

形だけの夫婦。その一線をどちらが越《こ》えたがっているのか、これではわからない。

沈黙《ちんもく》を破って頭上から聞こえた声はラーヴェだった。

「嬢《じょう》ちゃん、それは――」

「ラーヴェ、やめろ。いいんだ」

その悟《さと》った物言いにジルはかっとなって、そらしていた顔を向ける。けれど、ハディスの顔を見て、勢いをなくした。

「……君は正しい。僕なんて、好きになるな。僕だって君を好きになんてならない。――そんなもの、地獄《じごく》の始まりだ」

ジルの目の前から、ハディスが一歩さがる。それは拒絶《きょぜつ》ではない、と思った。

彼の夢の幕引きであり、現実の幕開けだ。

「皇帝陛下！　おられますか⁉」

廊下《ろうか》に飛びこんできた兵士の声と複数の足音に、ハディスが体ごと向きを変えた。

「どうした、こんな時間に」

「ベイルブルグの町から火があがっております。風の勢いもあって火の回りが早く、しかも一部の住民が皇帝陛下の呪《のろ》いだと、暴動を起こしてこちらへ向かっています」

「北方師団を消火にあたらせろ。だが、城門はおろしたままだ。決して女性たちを出すな」

遅《おく》れて顔をあげたジルは、兵士の顔に見覚えがないことに気づく。いやそれ以前に、ここの階の巡回《じゅんかい》はミハリだ。なぜ、彼より先に——と思ったそのとき、ひとりが後ろ手に隠《かく》し持っている短剣《たんけん》に気づいた。

「陛下！　そいつらは」

「ラーヴェ、彼女を頼《たの》む」

ジルが伸《の》ばした手の先に、見えない壁《かべ》が立ちはだかった。同時に、ジルの目でもとらえきれない速さで、ハディスが腰《こし》の剣《けん》を抜《ぬ》く。

気《き》づいたときには三人、斬られて床《ゆか》に転がった。

「ひっ……の、呪《に》いだ、やっぱり皇帝の呪いだ！」

「い、いいから逃げろ、女達をさがすのが先だ……！」

おののいた残りが逃げ出す。ハディスは追わずに、剣を持ったままつぶやく。

「まだ生きているのだから、一緒《いっしょ》につれて逃げてやればいいだろうに。……なんでもかんでも呪いと言えば、便利だな」

「……返せ」

ハディスの足を、倒《たお》れた男がつかんだ。ハディスは無表情でそれを見おろす。

「妻を……生け贄《にえ》になど……させな……」

「保護だと説明したはずだが。まあ、呪われた皇帝の言葉など信じる理由はないか」

素っ気なく言って、ハディスは男の手を振《ふ》り払う。やっと騒《さわ》ぎに気づいたのか、ミハリが廊下の曲がり角から飛び出てきた。

「皇帝陛下、今、悲鳴が……っこ、これは賊《ぞく》ですか⁉」

「おそらく町の住民だ。女性たちを取り戻《もど》しに忍《しの》びこんできたんだろう――町に火がついているというのは本当か？」

「えっあ、はい！　あと……その、住民が城に向かってきておりまして……陛下はジル様をつれて避難《ひなん》されたほうがよいのではと」

「そういうわけにはいかないだろう。彼らが狙《ねら》っているのは僕の首だ」

薄《うす》く笑ったハディスに、ミハリが言葉をつまらせる。

皇帝の顔だ。見る者すべてを陶酔《とうすい》させ、畏怖《いふ》させ、跪《ひざまず》かせる姿。

「妻は安全な場所に逃がした。暴動を止めるのは僕の仕事だ」

「と、止めるとは……それは……」

ハディスは答えない。血で汚《よご》れた廊下を靴底《くつぞこ》で踏《ふ》みつけ、歩いていく。

青ざめたジルは叫《さけ》んだ。

「陛下！　――ミハリ、カミラとジークは⁉　皇帝陛下を止めてください、このままだと陛下は……ミハリ？」

ぎゅっと唇《くちびる》を引き結んだミハリは、ジルの声など聞こえないかのように、倒《たお》れた三人の出血具合を確かめ、武器を取りあげて廊下の隅《すみ》に縛《しば》る。そして、そのままハディスを追っていってしまった。

「聞こえねぇよ、嬢ちゃん。だってここは世界一安全な、竜神《りゅうじん》ラーヴェ様の結界の中だ」

背後から聞こえた声に、ジルは振り向く。

空中にふわりと浮《う》き上がる光り輝《かがや》く竜神は、困り顔で言った。

「ごめんな。俺達は、嬢ちゃんを失うわけにはいかないんだ」

第五章 ✤ 愛と理の竜帝攻防戦

遠く、町の方で火の手があがった。夜の闇《やみ》を焦《こ》がす赤い炎《ほのお》だ。軍港の城壁《じょうへき》から見える火の姿に、カミラは驚《おどろ》くより呆《あき》れてしまう。ジークも無言で頭をかいて、つぶやく。

「隊長の読みどおりってことだな」

「……ほんと、何者なのかしら、ジルちゃん」

主君と決めた相手にそんな疑問を持つのは不敬だが、そう思うのはしかたない。

夕刻ごろ妙《みょう》な槍に襲《おそ》われたジルは、脅《おび》えるでも護衛を増やすでもなく、まずカミラとジークに質問をした。

「水上都市を火の海にするために火をつけるとしたら、どこからか、か……まさか実はジルちゃんが主謀者《しゅぼうしゃ》じゃないでしょうね」

「それなら、皇帝陛下に黙《だま》って俺達を走らせたりしないだろう」

「よう、そこの化け物チビちゃんの騎士《きし》ども」

気楽な声をあげながら城壁の梯子《はしご》をのぼってきたのは、賊の頭目――今はちゃっかり北方師団の軍人ですという顔をしているヒューゴだ。

「ご心配の放火だが、犯人はつかまえといたぞ。約束どおり、手柄《てがら》はこっちな」

「何が手柄よ、燃えてんじゃないのよ」

「そう言うなって。同時多発の放火をほとんど止めたことをほめろ。でも俺らがベイル侯爵《こうしゃく》に指示されてた案とほぼ一致《いっち》した火のつけ方だってのは、ぞっとしたねさすがに。こりゃ、あのチビちゃんの言うとおり、生きてるかもしれないなぁ」

ベイル侯爵が火をつける計画を立てていたかもしれない、それをヒューゴが知っているかもしれない――と言ったのもジルだ。

「消火、一カ所だけ間に合わなくてな。しかもこの風だろ、火の回りが早い。人が死ぬ前に消せると思うんだが、パニクって暴動起こしかけてる住民のほうに手がとられちまって」

ヒューゴの説明に、カミラは神妙《しんみょう》に頷《うなず》く。火事は確かに厄介《やっかい》だ。だがこの火事は、あからさまに皇帝《こうてい》への恐怖《きょうふ》や不満を煽《あお》り立てるためにつけられた火種だった。

「扇動者《せんどう》はいた？」

「ああ、黒いフードをかぶってるあやしげな連中だ。こっちに逃げこむよう誘導《ゆうどう》してる。これで北方師団としては上々の働き――と言いたいが、斧《おの》だの包丁だの持って、住民共が城に向かってやがってなー。俺はそっちで皇帝陛下をお守りしないといけないわけだ」

「やけに落ち着いているが、裏切る気じゃないだろうな？」

ジークにすごまれても、ヒューゴは軽く肩《かた》をすくめるだけだ。

「綱渡《つなわた》りにも修羅場《しゅらば》にも慣れてるもんでね。それに、皇帝陛下に助けていただいたっつー認識《にんしき》はあるわけよ、俺らにも。ほんとに北方師団に任命されたときは、この皇帝アホかって思ったぞ。いくら北方師団に人が残ってなくて、俺らしかいねぇっつってもなぁ」

それはカミラも内心、驚いていた。高貴な方々というものは、すぐ約束を反故《ほご》にする。特に下々の者との約束など、記憶《きおく》にすらとどめない者がほとんどだろう。

なのに、この国で一番尊い御方《おかた》がきちんと約束を守ったのだ。

「まっとうな人生に戻るチャンスだ。給料分の仕事はするさ。それに、皇帝陛下だけならまだしも、あのチビちゃんには刃向《はむ》かわないほうがいいと俺の勘《かん》が言っている。本当に暴動が起きて町が火の海になるところだったんだぜ。怖《こわ》すぎるだろ、未来でも見えるのかよ」

「でもまだ、ふせげたわけじゃないわ」

まだ暴動は起きたところだし、火は消えていない。カミラの言葉に、ヒューゴは頷く。

「そうだ。そして暴動を止めて町が無事で終わりってわけじゃない。暴動の対処によっちゃあの皇帝は残虐帝《ざんぎゃくてい》の道をまっしぐらだ。いやぁ楽しみだなー」

「あなたねェ……北方師団なんでしょ。皇帝陛下を信じなさいよ」

「そういう話はあとだ。例のクレイトスの王太子様はどうした」

ジークの質問に、ヒューゴは表情を改めた。

「黒い槍《やり》を持ってる確証は取れずじまいだ。ただ看守やら何やら証言者の身柄《みがら》は確保した」

「わかったわ。ここからは竜妃殿下《りゅうひでんか》の命令を受けたアタシたちが請《う》け負う。北方師団は町を守ってちょうだい」

「了解《りょうかい》だ。襲うはずだった俺らが消火とか、面白《おもしろ》いよなぁ人生は」

　ふとヒューゴが視線を動かした。そこには燃え広がろうとする火と、それを消し止める人々と、目の前の火事よりも恐怖をぬぐうために武器を持って城までの大通りへと集まろうとする住民がいる。

「皇帝陛下もむくわれないよな。町、守ろうとしてんのに、全部裏目に出てやがる」

「……そうね。呪《のろ》いだのなんだのがせめてなければねェ……」

「でも、もしこっから逆転させられたら、意外と名君になるかもしれない。今が歴史が変わる瞬間《しゅんかん》ってやつかもしれないんだ。だから死なない程度には見守るよ」

　言いたいだけ言って、部下に呼ばれたヒューゴは戻っていく。

　黙って見送ったあと、先に口を開いたのはジークだった。

「確かにあの皇帝陛下は色々底が知れないが。歴史が変わる瞬間なんて、そうあるか？」

「そんなもの、あとから結果だけを見た人間が勝手に決めることでしょ」

　それもそうかとジークはあっさり頷き返す。その目が鋭《するど》くなったのを見て、カミラも立ちあがった。

　カミラとジークが見張っているのは軍港の向こう側、クレイトス王国の王太子が宿泊《しゅくはく》している船だ。そこへ暴動を扇動した輩《やから》がきっと逃《に》げこむ。それを追って、カミラ達は船の中まで入る。他国の、王太子の乗ってきた船にだ。

　綱渡りのとんでもない作戦だ。だが、向こうも町の扇動と王太子の護衛とで人手をさかれて、手薄《てうす》になっている。その間に船を制圧するのだ。他国の、王太子が逃げる船を。

「おいでなすったぞ。隊長の狙《ねら》いどおりだ」

「あらやだ。ほんと、なんなのかしらねージルちゃん」

何人か、町から走ってくる影《かげ》がある。ヒューゴの言うとおり、フードをかぶって姿を見せないようにしているあやしげな一団だ。

さあさがせ、竜妃殿下の望む者を。一度その姿は見ている。見逃《みのが》さないはずだ。

「――いたわ。ベイル侯爵」

「隊長が言うことを信じてなかったわけじゃあないが……本当に生きてるとはな」

カミラは弓をつがえて、さらに声をひそめた。

「しかも王太子も一緒《いっしょ》にいらっしゃるんだけど？　最悪じゃない、これ」

「意外と働き者なんだろう、あの王子様は。――火をつける気だな、港に」

一団は油やらたいまつやらを用意し始めていた。住民を港から逃がさないためだろう。そしてその間に自分達は逃げる、という算段だ。

「王子様がいてもやることは同じだ。何せ、竜妃殿下のお望みは死んだベイル侯爵を生き返らせることだからな」

ジークが大剣《たいけん》を抜《ぬ》いてつぶやく。楽しそうな口調にカミラは呆れた。

「王太子に怪我《けが》させちゃ駄目《だめ》よ。アタシたちはあくまで、町を扇動する輩とその主謀者であるベイル侯爵を捕縛《ほばく》しにきた。王太子殿下《でんか》はだまされてます、お守りしますって体裁《ていさい》でいくんだからね。ベイル侯爵を取られたら元も子もないわ。むやみに敵視しないで」

「いくぞ、あいつらが火をつけたら決まりだ」

「聞きなさいよ」

文句を言いながらも、カミラは一団から目を離《はな》さない。

ここで火をつけたら、町に火をつけた賊《ぞく》を竜妃殿下の騎士が止めにきたという構図ができあがる。現行犯逮捕《たいほ》だ。それでも他国の王太子にふっかける以上、問題はさけられない。だがこれを命じたということは、責任を請け負う覚悟《かくご》があの少女にはあるのだろう。

幼くとも竜妃《りゅうひ》として、神童と名高いクレイトスの王太子とやり合うつもりなのだ。

最高だ。

「聞けんな。あの王太子は敵だと、俺の勘がそう言ってる」

「珍《めずら》しいわね、あんたが勘とか」

「前世で殺されたのかもしれんな」

何を馬鹿《ばか》なと思ったが、カミラも王太子を見逃す気はまったくない。

弓を引き絞《しぼ》ると、唇《くちびる》が弧《こ》を描《えが》いた。

「奇遇《きぐう》ね。アタシもよ」


音は聞こえる。床《ゆか》にも扉《とびら》にも触《さわ》れる。けれど、誰《だれ》もジルの姿が見えないし、声も届かない。

魔力《まりょく》も使えない。

城のバルコニーに出るジルをラーヴェは止めなかった。町が燃えて、赤くそまっていく。血に酔《よ》うような叫《さけ》びが、ここまで届いていた。争いが始まる合図だ。

「――ラーヴェ様！　わたしを出してください！」

振《ふ》り向いたジルと少し距離《きょり》をとって、ラーヴェが宙に浮《う》いている。

「だめだ」

「でも、このままだと陛下が……！」

「ハディスの心配なら、必要ない。こんな町、あいつがその気になれば一瞬《いっしゅん》で焼け野原だ」

「そんなことをしたら陛下が今以上に孤立《こりつ》します、それでもいいんですか⁉」

ラーヴェは答えなかった。ジルは唇を嚙《か》んで、額に手を当てる。

（落ち着け、ラーヴェ様はこれから陛下がやろうとすることをもう承知してるんだ。説得するとしたら、そうじゃない……！）

きっと糸口はある。ラーヴェはジルとハディスの仲を取りなそうとしてくれたのだ。

それはきっと、ハディスがひとりぼっちにならないようにするためだろう。

「――ベイル侯爵を、カミラとジークにさがしに向かわせました」

ぱちり、とラーヴェが小さな目をまばたいた。思わぬことだったらしい。ジルはそのままたみかける。

「呪いはわたしがいれば起こらないという話でしたよね。何より今回はタイミングがよすぎます。あの黒い槍――あれが原因だとしても、操《あやつ》れるのは女性だけなら、ベイル侯爵《こうしゃく》を操って自死させることはできないはずです。ベイル侯爵の死亡確認《かくにん》に行ったスフィア様にとりついていたことからも、偽装《ぎそう》の可能性が高いと判断しました」

「……よくもまあ、たったそれだけの情報でそこまで手を回したなぁ」

「ジェラルド王太子が何かしかけてくるのはわかっていたので。……この混乱にまぎれてベイル侯爵は始末されるか逃げるかするでしょう。だったら、ベイル侯爵が生きているところを見せれば、この騒動《そうどう》は陛下の呪いではなく仕組まれたものだと説明できます」

「聞いてもらえる気がしねーけどな。どっちにしろ、あの槍が持ちこまれた以上は、スフィア嬢《じょう》ちゃんみたいなのが出続けて、手がつけられない」

ふよふよと浮いたままラーヴェがテラスから部屋へと入る。それをジルは追いかけた。

「なら、もっとわたしに説明をしてください。対処を考えます！　あの黒い槍は女神《めがみ》クレイトスの聖槍《せいそう》なんですか？」

「そうだ。正確には女神の一部だな。俺と同じようなもんだ。嬢ちゃんが嫁《よめ》になって、ハディスの守護が強まって、手出しできなくなって焦《あせ》って、威力偵察《いりょくていさつ》にきたんだろう」

思いがけない返事に、ジルは立ち止まる。くるりとラーヴェがこちらを向いた。

「ラキア山脈の魔法《まほう》の盾《たて》の話は、クレイトスには伝わってるんだっけか？」

「……カミラたちから聞きました」

「なら話は早い。もとの姿に戻《もど》れなくなった女神クレイトスは、自分の生まれ変わり――器《うつわ》の適合者をさがして復活しようとしてる。条件は十四歳以上の女だ。でも、器の適合者じゃなくても、十四歳以上の女なら操ることができる。スフィア嬢ちゃんは後者だった。そんで嬢ちゃんは、ハディスを女神クレイトスの愛から守る魔法の盾ってわけだ」

ん、と思わず眉根《まゆね》がよった。

「……愛？」

「そう、愛だよ。クレイトスは愛の女神だ。愛しているなら、何をしてもいいとクレイトスは考えている。俺は、理《ことわり》の竜神《りゅうじん》だ。愛してるからって何をしてもいいとは思わない」

ラーヴェが部屋の中にある椅子《いす》に腰《こし》かけるよう、うながした。

「女神クレイトスの狙いは竜帝《りゅうてい》と夫婦《ふうふ》になることだ」

眉間《みけん》のあたりに指をあてて数秒、ジルは考えた。

「……つまり、ラーヴェ様があの槍《やり》と結婚《けっこん》すれば解決するということですか？」

「おお、見事に俺を売り飛ばそうとしたなー。でも残念、あくまで相手は竜帝だ。つまりハディスのことだよ。俺は竜神で、竜帝になる人間の守護というか、武器だし」

「なら陛下があの槍と結婚すればいいのでは⁉　槍なら飾《かざ》っとけばいいだけでは⁉」

雑な解決を提案したジルに、ラーヴェが苦笑いを浮かべる。

「それですむわけねぇだろ。クレイトスはものすげー嫉妬《しっと》深《ぶか》いぞ。ハディスの全部を手に入れようとする。ラーヴェ帝国は滅《ほろ》ぶだろうし、下手すりゃこの大陸から女が全員いなくなるだろうよ」

「なんでそんな極端《きょくたん》なんですか⁉」

「だから愛さえあれば何やってもいいって考えなんだよ、あっちは。ついでに言うと、ハディスが女神を受け入れたとして、嬢ちゃんは死ぬと思うぞ。前妻とか許すと思うか？」

思わない。得てして神というのは非情である。

「……まともな説得が現状不可能なのはわたしも同意します。ですが、わたしをこんなところに閉じこめてなんになるんですか」

「そうだよなー俺もそう思うわ」

「はい？」

けらけら笑ったラーヴェがふと表情を改めた。思わずジルは身構える。

「……俺は竜神だ。理の神だ。だから同じ間違《まちが》いはしない。だけど、あっちは違う。ハディスもそれを知ってるはずだ。嬢ちゃん、神話のおさらいだ。黒い槍に化けて侵入《しんにゅう》してきた女神を退けるにはどうすればいいかわかるか？」

「どうって……その、神話では、竜妃が天剣で自分をつらぬいて女神を封《ふう》じ……えっ」

「女神クレイトスは必ず嬢ちゃんを狙う。そういう女神だ。竜妃の指輪をつけてる嬢ちゃんを見失うこともないだろうよ」

思わず金の指輪を見る。

(目印ってそういう意味か！)

ふっとラーヴェの体の輪郭《りんかく》がほどけていく。なめらかな肢体《したい》が、白く輝《かがや》く銀の刀身に変化していくのを見て、ジルは息を吞《の》んだ。

その武器がなんなのか、言われなくてもわかった。

――竜帝の天剣《てんけん》だ。女神の聖槍とも打ち合える、唯一無二《ゆいいつ》の神器。

『千載一遇《せんざいいちぐう》のチャンスってやつだよ。わかるだろ』

頭の中でラーヴェの声が響《ひび》く。小さな瞳《ひとみ》はないけれど、まっすぐ見据《みす》えるように、白銀の切っ先がジルの喉元《のどもと》に突《つ》きつけられる。

なるほど、とジルは笑った。背中の冷や汗《あせ》は隠《かく》して、不敵に。

「わたしごと女神を斬《き》る。そういうことですか。――最初からそのつもりで、わたしを竜妃にしたのですか？」

『違う――ってのは嘘《うそ》になるよな。少なくとも、俺はこの展開を想定はしてたよ』

自嘲《じちょう》気味なラーヴェに、先ほどのハディスの姿が重なった。自分など好きになるな、というあの背中も。

「だったら、わたしをどうして守るんですか」

理の竜神は沈黙《ちんもく》した。ジルは続ける。説得しかここから出る方法はない。

「この中でわたしを守ることと、女神の囮《おとり》にすることと、行動が矛盾《むじゅん》しています」

『……嬢ちゃんを守って女神の怒《いか》りを煽《あお》るためかもな』

「それならすでに喧嘩《けんか》を売ったのでご心配なく。結界をといてください。そうすれば女神がわたしを狙《ねら》いにくる。閉じこめる必要なんてどこにもない。どうしてそうしないんですか？」

『どうしてだと思う？』

「それを聞いているのはわたし――」

ふっとひらめいたことにジルは詰問《きつもん》を止めてしまった。

恋《こい》も愛もわからない。――そんなふうに言っていた、あの竜帝は、まさか。

『馬鹿《ばか》だよなあ、あいつ。わからないはずがないんだ。こんな簡単に、女神を殺せる方法が目の前にあるってことに』

「……」

『どうするつもりなんだろうな。俺もなしに聖槍とやり合うなんて、ただじゃすまないってわかってるはずだ。そもそも、嬢ちゃんを嫁にしたのはなんのためだ？　女神からの盾に、囮になってもらうためだろ』

そうだ、ハディスの行動はおかしい。本当にジルを利用する気なら、今、使うべきなのに。

『気づいてないんだよ』

優《やさ》しく、その守護者である竜神は、すべてを斬り捨てる剣の姿のままで言った。

『でも、俺までそういうわけにはいかねぇだろ。俺はあの馬鹿を守ってやらないと』

「――だったらなおさら、わたしをここから出してください！」

立ちあがったジルを警戒《けいかい》するように、剣の切っ先がさらに近づいた。

『だめだ、嬢ちゃんがただの女の子じゃないってことはもう知ってる。本気で逃《に》げられたら追うのも大変だ。だから結界にいれることに俺は同意した』

「逃げません、わたしが女神を退けます！」

『無理だ。女神の聖槍と戦えるのは竜帝の天剣だけだ』

「じゃあ、わたしがあなたを使えばいいだけじゃないですか！」

　ほんの少し剣がたじろぐ気配がしたが、すぐに反論がきた。

『それでも無理だ。いや、嬢ちゃんの膨大《ぼうだい》な魔力《まりょく》なら、ある程度は俺を使えるだろうが、それ以上に、女神に勝つ条件が――』

「御託《ごたく》はいい、さっさと行くぞ！」

　焦《じ》れたジルは怒鳴《どな》って天剣を手にする。驚《おどろ》いたらしく、刀身が生意気にも左右に暴れた。

「時間がないんだ！　それをぐだぐだぐだぐだと！　女神をたおせばいいんだろう！　それで万事《ばんじ》解決だ！」

『け、結論が雑すぎるだろ！』

「わたしは未来を知ってる！」

　ぴたりと天剣が――ラーヴェが動きを止めた。

「ベイルブルグが壊滅《かいめつ》するだけで終わらない。皇太子派がジェラルド王子と結託《けったく》して陛下を追い詰《つ》めにかかる。ここで片づけない限り、いずれクレイトスとも開戦する。なのに陛下は国を守りながら、周囲に疎《うと》まれ続けるんだ。そんな未来を許すのか!?」

『……』

「ここで止めるんだ。信じられないならそれでもいい。わたしが女神に負けたら、その場でうしろから突き刺《さ》せ！」

ただし、とジルは手にしたラーヴェを見つめる。

「それまで協力しろ」

『……いいのかよ、それで？　俺らは嬢《じょう》ちゃんを囮にしようとしたんだぞ』

「そのほうがマシだった！」

あっけにとられたらしく、ラーヴェがおとなしくなった。ジルは勢いのまま怒りを吐《は》き出す。

「なんで最後までわたしを利用しないんだ。それならいつものことだ。すぐさま見切りをつけてやった！　なんでわたしを守ろうとする。——わたしはどうして、囮に使われたことじゃなく、助けてくれと言われなかったことに怒《おこ》ってるんだ！」

黙《だま》ったラーヴェを手にして、そのままテラスへと戻《もど》る。

城門前に住民達が集まって、丸太を運んでいた。城門を破るつもりなのだろう。

さすがに城門を破られたら死傷者が出る。だが今ならまだ間に合う。

『……嬢ちゃんさぁ、まさかハディスを……』

「怒ってますよ。狡猾《こうかつ》な女って言ってましたよね。親しげに」

『い、いや、すげぇ嫌《きら》ってるからそこは！　子どもの頃《ころ》から迷惑《めいわく》してるから！』

「長いお付き合いなんですね。愛と憎《にく》しみは紙一重《かみひとえ》って陛下も仰《おつしゃ》ってましたよ。現に、わたしのことを少しも見ようとしなかった」

ラーヴェが沈黙を選んだ。正しい判断だ。

何を言ったってジルの癇《かん》に障《さわ》るだけだ。

(――ああもう、どうしてわたしは先に好きにならないなんて決めたのか)

恋をしていい相手かどうかなんて、まだわからない。

でも、好きだから助けにいく。それが間違っているだなんて、神にも言わせない。

『……あのさ、ハディスが嬢ちゃんの名前を呼ばなかったのは、嬢ちゃんの存在を少しでも女神《めがみ》に気取られないためだからさ』

「だから女神が直々にわたしを殺しにきたんですよね、わかります」

『本当は呼びたかったんだよ、あいつ。俺だってそうだよ』

そんなことをすれば女神が余計に怒るのがわからないらしい。本当に神でも皇帝《こうてい》でも、男はどうしようもない。

そしてそんな馬鹿な真似《まね》を愛《いと》おしく思う自分も、どうしようもないのだろう。


――どうしてぼくには、父上も母上も兄弟も、いるのにいないの？

ある日尋《たず》ねたハディスに、生まれたときから唯一変わらず自分のそばにいてくれる竜神《りゅうじん》はこう答えた。

――ごめんな、お前がこんななのは、俺が悪いんだ。お前が、俺の生まれ変わりだから、俺のしたことのツケを払《はら》うことになってる。

ラーヴェを謝らせたくなかったから、ハディスはこう思うことにした。

これはきっと、女神のせいだ。愛という名前のその呪《のろ》いが、ハディスからみんなを取りあげてしまう。だから呪いさえなんとかすればいい。誰《だれ》も悪くなんてない。

いつか呪いがとける日がきたときのために、立派な皇帝になれるよう、たくさん勉強しておこう。みんなを女神から守れるくらい強くなろう。それが自分の生まれた意味だ。

自分は、誰にも見えない育て親を泣かせたりなんかしない。

時折、ラーヴェの目を盗《ぬす》んでハディスの様子を見にくる女神は笑う。

──あなたを必要とする人なんているかしら。あなたを愛する人なんて現れるかしら。本当は知っているでしょう？　だってほら、見回してご覧なさい。だあれもいない。今までだってこれからだって、あなたを心から愛してあげられるのは私だけ。

ラーヴェが追っ払《ぱら》って、耳を貸すなと言う。

──大丈夫《だいじょうぶ》だ、あいつはお前に竜妃《りゅうひ》ができたらもうやってこない。それまで俺が一緒《いっしょ》にいるから、呑まれるな。愛に流されて、理《ことわり》を忘れるな。

だからハディスは頷《うなず》く。ラーヴェを心配させないように、ちゃんと笑う。

初めて会った父親が「殺さないでくれ」と玉座から転がり落ちて頼《たの》んでも、脅《おび》えた兄弟達に目を合わせてもらえなくても、目の前で首をかき切った母親の返り血が頬《ほお》にはねても、皇帝らしく毅然《きぜん》と対処し、大丈夫だまだ諦《あきら》めない、未来はきっとあると笑ってみせる。

でも、そのたびに女神も笑う。

——愛しているわ。他《ほか》の誰があなたを愛さなくても、私だけは愛しているわ。あなたを誰にもわたさない。ねえ、だから私だけを見て。そうしたら楽にしてあげる。だって知っているのよ、私だけは竜神も知らない本当のあなたを知っている。

——本当は明るい未来なんて、信じるふりをしてるだけだってこと。

——しあわせにすると言ってくれた小さな女の子を囮《おとり》にする、人でなしだってこと。

そんなあなたを愛してあげられるのは、私以外誰もいない。ねえ、あなただって気づいてるんでしょう？　あなたはどうしたって私から逃げられない。

姿を現さなくても、ハディスの胸底にこびりついた闇《やみ》にまぎれて、女神はいつも楽しそうに笑っている。

(ああ、そうだな。結局、僕を愛しているのは、お前だけだ。兄上だって本当は僕を嫌《きら》っている。僕は誰にも望まれない。期待されない。生きていることすら)

——わたしがいるって、言ってくださいね。

ふと泡《あわ》が弾《はじ》けるように、意識が現実に引き戻った。どうして彼女を閉じこめたのか、唐突《とうとつ》に疑問がわいた。

(……いや、まだ彼女を失うわけにはいかないから、だろう？)

今回の騒動《そうどう》は十中八九、女神の血族であるジェラルド王子に守られ、物理的に運ばれてきた女神の聖槍《せいそう》が原因だ。竜妃がいる以上、女神本人は魔法《まほう》の盾《たて》を——国境をこえられない。

だから、ラーヴェの結界の中に彼女を閉じこめた。

だが賢《かしこ》い彼女はもう気づいただろう。自分が囮に使われたこと。

もう、好かれるどころではない。嫌われただろうなと、心の片隅《かたすみ》で思った。当然だ。別にそれでいい。最初からこうなることはわかっていた。一瞬《いっしゅん》でも何かを期待した自分が、今はおかしくてならなかった。

それでも縛《しば》りつけなければならない。彼女ほどの逸材《いつざい》は見つからない。とにかくまず女神をなんとかしなければならないのだ。自分の判断は間違《まちが》っていない。

でもそれなら、どうして女神の聖槍に狙《ねら》われた小さな背中を、守ってしまったのだろう。

あのとき自分はラーヴェを――竜帝《りゅうてい》の天剣《てんけん》を持っていた。あそこで彼女を襲《おそ》わせて斬《き》り捨てていれば、女神は復活でもしない限り、当分動けない状態になったはずだ。

今だって、ラーヴェに守らせるより、もっといい使い方があるのではないか。

「……よく、わからないな」

つぶやきが、怒号《どごう》にかき消える。閉《と》ざされた城門を住民達が破壊《はかい》しようとしているのだ。城の中央に鎮座《ちんざ》する、町を一望できるバルコニーでハディスはそれを見おろしていた。

女が奪《うば》われた、取り戻せ。

竜帝は国を呪いで滅《ほろ》ぼす気だ、国を守れ。

殺せ殺せ、あんな皇帝は必要ない、誰も望んでいない。死んでしまえ、死んでくれ。

（それでも僕が皇帝だ。でなければこの国は竜神の加護をなくし、女神に蹂躙《じゅうりん》される。そうなったらラーヴェはきっと、神格を落としてでも、この国を救おうとする……）

わかっているのに――全部殺してしまおうか、と心のどこかでつぶやいた。

どんなあり方だろうと、ハディスは竜帝であり、皇帝だ。だったらなんだっていいではないか。向こうがいらないというなら、こちらだっていらない。そう切り捨てていって、何が悪いのか。

――ラーヴェ。僕は、いつまで未来を信じているふりを続ければいい。

きっとそう口にした、そのときが最後だ。

「……不幸だな」

ふと、苦笑いが浮《う》かんだ。自分に、そしてこれから自分がおさめていく、国に、民《たみ》に。

「おい皇帝陛下、まだこんなところにいるのかよ！」

「北方師団を引かせろ。城に残るのは僕だけでいい」

「は？」

不遜《ふそん》な態度が抜《ぬ》けきらないヒューゴが、怪訝《けげん》な顔をする。おそらく自分が動かないものだから、ミハリに頼まれたのだろう。

(彼らを巻きこんではいけない)

ふと、そう思った。良心のひとかけらみたいだった。

そう、自分は――最後の最後まで、たったひとりになっても、立っていなければいけない。

誰にも愛されず、誰も愛さず、女神を斃《たお》すその日まで。

「全員、軍港に転移させる。……住民も軍人には手を出さないだろう」

だからそのためには、彼女を囮に使って——ああ、違《ちが》う。囮にしてしまったら彼女は。

胸が痛い、と思った。そういえば今日は滋養《じよう》の薬湯も飲んでいないし、もう眠《ねむ》る時間もすぎている。きっと明日の体調は最悪だ。

けれど、今から命を奪われる彼らにくらべたら、なんでもない苦痛に違いない。

「おいちょっと待て、それだとあんたはどうなる」

「かまわない。放《ほう》っておけ」

ばきり、と音がした。城門が破られる音だ。一度目を閉じて、開く。ここまでだ。

もう彼らを止めるすべなどない。

呪いというならば、この現実こそが呪いだ。

「僕は化け物だ」

ひとりごちてから、思い出した。そう言ったことがごく最近なかったか。

(そうだ。船が襲われたとき。そうしたら、彼女が)

——しあわせにすると言っただろう？

突然《とつぜん》、大音響《だいおんきょう》で城の鐘楼《しょうろう》が鳴り響《ひび》いた。

ハディスは大きく目を見開く。

よどみきった空気を吹《ふ》き飛ばす、澄《す》んだ鐘《かね》の音だった。喧噪《けんそう》も憎悪《ぞうお》もすべて打ち消して町中に響く。間違うな、正気に戻《もど》れと叫《さけ》ぶような、魂《たましい》の響きだった。

まっすぐ鼓膜《こまく》を、心を震《ふる》わせる、美しい声。

「出てこい、女神《めがみ》クレイトス!!」

鐘の音もかき消すような大声が響き渡《わた》る。

おいおい、とヒューゴが一歩踏《ふ》み出した。争いの手も罵声《ばせい》も何もかも止めて、皆《みな》が彼女を見あげていた。

焼けた風になびく髪《かみ》と、小さな体。まっすぐゆるがない、紫《むらさき》の瞳《ひとみ》。

鐘楼の屋根に立っている、囮でしかないはずの、少女を。

「わたしはジル・サーヴェル。正真正銘《しょうしんしょうめい》、竜帝の妻だ！　町を燃やすな、女たちを呪《のろ》うな。お前が本当に用があるのは、わたしひとりだろう！」

竜帝の天剣を振《ふ》りかざし、ジルは叫ぶ。

「ハディス・テオス・ラーヴェはわたしのものだ。奪いたければ正面からこい、お前にはわたさない！」

そう、あのとき彼女は言った。

守りますと、よりにもよって竜帝たる自分に誓《ちか》ったのだ。


ジルの宣言を聞いたあとで、ラーヴェが真っ先に叫んだ。

『いや嬢《じょう》ちゃん、こっちから喧嘩《けんか》売ってどうするんだよ⁉』

「こう言えば、放火も陛下の呪いも全部、女神のせいだってわかるだろう！」

『マジかよぉ』

情けない声をあげるラーヴェを──天剣を握《にぎ》り、ジルはじっと港のほうを見つめる。

くるはずだ、という確信があった。女神なんてあがめ奉《たてまつ》られた女が、欲しい男を自分のものだと宣言されて怒《おこ》らないわけがない。

その期待に応《こた》えるように、港から一直線に何かが飛び上がった。

『ほんとにくるしなあ、あっちも！　──嬢ちゃんは本来の使い手じゃない。本領発揮は無理だし、もって数分だからな！』

「わかってる！」

こちらにまっすぐ、雲を突《つ》き破って向かってくる黒い槍に目をこらす。

下から声が響いた。顔色を変えたハディスだ。

「なぜ君がここにいる⁉　ラーヴェはいったい何をして」

「うるさい、賞品は黙《だま》って待っていろ！」

「しょ、賞品⁉　まさかそれは僕のことか⁉　皇帝《こうてい》だぞ⁉」

「なら皇帝としてやるべきことをやれ！　女神だかなんだか知らないが、よその女に勝手に惑《まど》わされてるんじゃない！　幸せ家族計画はどうした⁉」

目を白黒させて混乱しているハディスを、一喝《いっかつ》した。

「お前はわたしより強い男なんだから、最後までやり遂《と》げろ！」

「――ジル！」

なんだ、ちゃんと名前を覚えているじゃないか。

思わず笑ったそのときは、すでに目前に黒い槍《やり》が迫《せま》っていた。

天剣の刀身で槍先を受け止める。ぶつかりあった魔力《まりょく》が爆発《ばくはつ》して、鐘楼のある塔《とう》が町中を照らした。

屋根を蹴《け》ったジルは空を飛んで逃《に》げる。思ったとおり、黒い槍はジルを追いかけてきた。

（ものすごい殺気だな）

町に被害《ひがい》を出すのは好ましくない。上昇《じょうしょう》しようとしたジルは、横を追い抜いていった槍に舌打ちする。速度はあっちのほうが上だ。

上をとった槍は、そのまま落ちてくるかと思いきや分裂《ぶんれつ》した。

星のようにジルの心臓目がけて、槍が降ってきた。天剣の刀身と魔力でそれを受け止めるが、押されて背中から落ちていく。

押し切れないことに焦《じ》れたのか、槍がものすごい勢いで増えた。町を覆《おお》うような数だ。舌打ちしたジルは、魔力を全開にして町中の上に結界を張る。

降り注ぐ槍が、町の上空で爆発した。花火のようだ。

誰《だれ》もが武器をおろして、その光景を見あげている。

（そうだ、見ろ。お前たちの敵はこれだ、陛下じゃない）

呪いなんてない。あるのは、はた迷惑《めいわく》な女神の愛。自分達は目に見える敵に襲撃《しゅうげき》されているのだと、自覚しろ。

槍の数が減ってきた。一点攻撃《こうげき》を諦《あきら》めたのか、ぐるりとジルを取り囲んで一斉《いっせい》に襲《おそ》いかかってくる。剣《けん》を握り直したジルは、空を飛び回りながらそれらを叩《たた》き落とした。そのたび魔力が星屑《ほしくず》の欠片《かけら》のように落ちていく。

『つ……強すぎないか、嬢ちゃん……』

「でも魔力の消耗《しょうもう》がひどいです。本体を叩かないと……しょうがない」

ぐるりと天剣を逆手に持ったジルは、そのまま投擲《とうてき》した。

えええええ、と叫ぶラーヴェの声が飛んでいく。案の定、黒い槍は好機とばかりに一本になって丸腰《まるごし》のジルに向かってきた。

「ジル!!」

真っ青になったハディスの叫びがいっそ心地《ここち》よかった。

自分の心臓目がけて飛んできた槍を両手でつかまえたジルは、唇《くちびる》の端《はじ》を持ちあげる。

「二度目ましてだな。そっちが覚えているかどうか知らないが」

答えを期待してはいなかったが、じわりと、両手から思念が伝わった。

『オ前、ナゼ、覚エテイルノ』

両眼を見開いたが、同時に疑問が氷解した。

どうしてジルの時間が巻き戻ったのか。女神だ。女神の力で時間が巻き戻ったのだ――それもこの言い方から察するに、女神も予想しなかったことらしい。

『ナゼ、ヨリニヨッテオ前ガ竜妃《りゅうひ》ニ！』

不意に笑い出したくなった。思えばこの状況《じょうきょう》はあの夜そっくりではないか。

――さあ、今この瞬間《しゅんかん》から、やり直すのだ。今度は奪《うば》われないように。

「まさか女神様ともあろう御方《おかた》が、嫉妬《しっと》に狂《くる》ってわざわざ海を渡っておいでになるとは」

『返セ、返セ返セ返セ返セ返セ返セ返セアノ方ヲ返セエェェェ‼』

「そもそもお前のじゃない！」

叫んだジルは抵抗《ていこう》する槍を両手で持ちあげて、力をこめる。ばちばちと稲光《いなびかり》のように周囲に魔力が撒《ま》き散らされた。抵抗と一緒《いっしょ》に、伝わる叫びも大きくなっていく。

『アノ方ガ愛シテイルノハ、私ダケ』

かちんときたジルは、槍を握る両手に一気に力をこめた。

「ふざけるな、そうなるのはわたしだ！」

ばきんと音を立てて、黒い槍が真ん中から折れた。

「わかったら二度と人の夫に手を出すな‼」

勢いよく振りかぶったジルは、折れた槍をそのまま海の彼方《かなた》、つまりはクレイトス王国に目がけてぶん投げた。夜の闇《やみ》を切り裂《さ》いた槍が、星のように遠くで光って消える。

肩《かた》で呼吸をしながら、ジルは唸《うな》る。

「これだから、女の、嫉妬、は……っ！」

くらりとめまいを感じたあとは、もう遅《おそ》かった。

（しまった、魔力を使いすぎた）

怒《いか》りで見極《みきわ》めを間違《まちが》った。あっという間に全身から力が抜《ぬ》け、体が落ちていく。なんとか視線だけでも動かそうとしたそのとき、息を呑《の》んだ。

こちらに向けられた黒曜石の瞳。あの黒い槍とそっくり同じ色を持つ、ジェラルドがこっちに向かって飛んできて、空中でジルを受け止める。

「素晴《すば》らしい。やはり君は連れ帰る。妹も、君なら受け入れるだろう」

「……っ」

拳《こぶし》で殴《なぐ》ってやりたかったが体が動かない。そのジェラルドの横顔を弓矢がかすめていった。

「ジルちゃん！」

カミラだ。その横で、大剣をかまえたジークが軍港の城壁《じょうへき》から飛びかかってくる。

「何してんだお前！」

ジェラルドが視線を向けた。だめだ、とジルは叫《さけ》ぼうとするが、声は出ない。

黒曜石の瞳が光ると同時に、魔力の塊《かたまり》にジークがはねのけられる。壁《かべ》にぶつかった部下の姿に、その光景に、手を伸《の》ばそうとするが、できない。

「……あのふたりの命と引き換《か》えに、というのはどうだ？」

ふたりを助けようとするジルの仕草に気づいたのか、笑ってジェラルドが問いかける。

（くそ、動け！　動けないと、またみんな）

でも届かない。せっかくつかんだと思ったのに。

「君が私に従うなら、あれくらい助けてやっても――」

優《やさ》しげに言っていたジェラルドがはっと顔をあげた。瞬間、背後から膨大《ぼうだい》な魔力を叩きつけられて、ジェラルドの体が吹《ふ》き飛ぶ。

ふわりと背後から優しく抱《だ》き留められて、ジルはまばたいた。そのまま丁寧《ていねい》に地上まで運ばれて、まず見えたのは、白い竜神《りゅうじん》の姿だ。

「よー嬢ちゃん、さっきは俺を豪快《ごうかい》に捨ててくれてどうも」

「ラーヴェ、おしゃべりはあとだ」

静かな声に、竜神が姿を変える。竜帝《りゅうてい》の天剣。

その輝《かがや》きを覆うように、上から影《かげ》が覆い被《かぶ》さった。ジェラルドだ。もつれそうな舌で、ジルはやっと叫ぶ。

「陛下！」

右手にジル、左手に天剣を持ったハディスは眉《まゆ》ひとつ動かさず、ジェラルドの槍を弾《はじ》き飛ばした。そのままその場で、すさまじい槍と剣の剣戟《けんげき》が繰《く》り広げられる。

ジルはハディスとジェラルドの撃《う》ち合いをなんとか目で追えているが、周囲には爆風《ばくふう》が吹き荒《あ》れているようにしか見えないだろう。ここが噴水《ふんすい》広場だったからよかったものの、誰も近づけない有様になっている。

ハディスはジルを片腕《かたうで》で抱いたまま、片手でジェラルドの攻撃をすべてしのいでいた。むしろ押し始めている。それを喜べないのは、ひとえにハディスの顔のせいだ。

無表情を通り越《こ》して目から光が消え、何かをこらえているようだった。

(た、戦いの最中になんでそんな顔を)

ジェラルドが舌打ちした。ジェラルドが持っている黒い槍――聖槍の模造品《レプリカ》か由緒《ゆいしょ》ある名器か、いずれにせよジェラルドの魔力も付加されていて並大抵《なみたいてい》の武器ではないはずだが、相手は天剣だ。当然のことながら、槍のほうがもたなくなってきている。

勝負をかける気だろう。大きく踏《ふ》みこんできたジェラルドに、ほんの少し顎《あご》を引いたハディスが、かっと金色の瞳《ひとみ》を見開く。

その瞬間、風圧に吹き飛ばされたジェラルドが床《ゆか》に手をつく。だがすぐさま転がった槍を手にしようとして――止まった。

天剣を喉元《のどもと》に突《つ》きつけられて、ジェラルドがひびの入った眼鏡の奥から、視線をあげる。

「……我が国に宣戦布告でもするか？　皇帝陛下」

「まさか。この度《たび》は……――」

そこでそっと顔をそらしたハディスは、肩を震《ふる》わせ始めた。ジルもジェラルドもまばたく。

「お、折れ……め、女神《めがみ》の、槍が……」

「……陛下？」

「お、折れてしまった女神に、お見舞《みま》いを」

口元を覆《おお》い、必死で笑いをかみ殺しながら言うハディスに、ジルはぽかんとする。

まさか、さっきからこらえていたのは笑いか。

天剣から姿を戻《もど》したラーヴェも、震えながら顔を背《そむ》けた。

「お、おま、その言い方。やめろ、笑いが止まんなくなるだろ、俺だって我慢《がまん》……折れ……女神が、女神なのに、真ん中から、ばきぃって……！」

「ラ、ラーヴェ。笑っては、いけない。た、大変なことだ。め、女神が折れたなんて、一大事だぞ。……女神って折れるんだな……!?」

「――我が国の女神を侮辱《ぶじょく》するか!?」

青筋をたてたジェラルドが立ちあがろうとする。だがすぐさま転身した天剣の切っ先を突きつけられて、止まった。

「養生するよう、伝えてくれ。――今度は、妻を囮《おとり》になどしない。僕が相手になる」

「……」

「結婚式《けっこんしき》には呼ぼう。折れた姿で、これるものならくるがいい」

頰《ほお》を引きつらせたジェラルドの体が浮《う》き上がった。ジェラルドだけではない、軍港のほうからも幾人《いくにん》か浮いている。クレイトス王国からきた者達だ。

「騒動《そうどう》を起こした者についてはこちらで引き取るから、安心して国に逃《に》げ帰ってくれ。私的な訪問だったし、見送りはいらないだろう？」

「な、なん……」

「言ったはずだよ。僕と君では格が違《ちが》う」

頬をひくつかせたジェラルドに向けて、ハディスが大きく天剣《てんけん》を振《ふ》る。その風圧に吹き飛ばされるようにして、浮き上がっていた人物達が明け始めた空の果てに飛んでいった。

「……。あの、あれ、どこに」

「たぶんラキア山脈の山頂付近あたりに落ちるんじゃないかな」

事もなげにハディスは言ったが、今のラキア山脈はすでに雪で覆われている時季である。

（遭難《そうなん》して死ぬんじゃ……）

ひそかにラーヴェ帝国《ていこく》に入国したクレイトス王太子がそのまま行方《ゆくえ》不明になったら、とてもまずいような――ジェラルドには魔力《まりょく》があるから大丈夫《だいじょうぶ》だと思おう。

ほっとしたら、周囲のざわめきが聞こえてくる。

おそるおそるこちらをうかがっていた住民達が顔を出す。目を回しているベイル侯爵《こうしゃく》を引きずって、カミラもやってくる。ジークもミハリに肩を借りて、ちゃんと立っている。消火活動にいそしんでいたらしい北方師団が、笑って手を振っていた。

「けが人はいるが、死人は出なかった。――君はすごいな」

「わ、わたしは別に、何も」

「いいや。皆《みな》が女神からこの町を守る君の姿を見たから、おさまったんだ」

そう言って、ハディスがジルを地面におろした。

そして誰《だれ》よりも真っ先に、ジルにひざまずいた。

「僕と結婚してほしい」

誠実な、心からの言葉に目を瞠《みは》った。

金色の綺《き》麗《れい》な瞳がまっすぐ、ジルだけを見つめている。

「もっと他《ほか》に言うことがあるだろうと思われているだろうが。今は胸がいっぱいで、それしか言葉が出てこないんだ」

苦笑い気味にハディスが首をかたむける。

闇夜《やみよ》を振り払《はら》うような心地《ここち》いい海風に吹かれているその顔は、とても美しく輝いていた。

そう、戦場で見あげたあの白銀の魔力のように。

「返事をくれないか、ジル」

名前を愛《いと》おしげに呼ばれて、ジルは深呼吸する。

先に好きにはならないと決めていた。でももう、認めるしかない。落ち着こうとしても心臓はうるさいし、今向けられている笑顔《えがお》が本物なのか知りたいし、名前を呼ばれるだけで嬉《うれ》しいのだから。

（へ、陛下もそういうこと……なんだよな？）

両思い、なのかもしれない。

そう思うと、頬が赤くなって胸がいっぱいになってきた。

でも、黙《だま》って囮に使ったことはひどいと思うから、ほんの少しだけ意趣返《いしゅがえ》しをしたい。

悔《くや》しまぎれに少し顔を背けて、ジルは口を動かす。告白に心臓が飛び出てしまいそうなのが、ばれないように。

「……しょ、正直に言うなら……別れたいです」

でも、わたしはあなたが。

そうジルが続きを告げる前に、心も体も弱い竜帝は、心臓を止めた。

終章

死ぬかと思った、とハディスが寝台《しんだい》の上でつぶやく。

「いや、むしろ死んだ。君は竜帝《りゅうてい》を殺したんだ。これは犯罪だ。皇帝《こうてい》へ刃《やいば》を向けたんだ……」

「謝ったじゃないですか。それに、わたしの話を最後まで聞かずに心臓止める陛下だって悪いと思います」

「だったら僕が好きか⁉」

「それも何回聞くんですか。わたし、ちゃんと告白しましたよね？」

呆《あき》れながらにらむと、ハディスが視線をさまよわせる。

「た、確かに、君が『陛下、好きだから目をさましてください』って言ったのは、花畑で聞いた……でも、都合のいい幻聴《げんちょう》だった気がして……」

「合ってますよ、好きだってそう言いました。花畑は幻覚《げんかく》だと思いますけど」

「本当か⁉　幻聴じゃないな⁉　僕が好きだな⁉」

「だから一日に何回……そんな顔で見ないでください。はいはい、好きですよ」

「またやってんのかよ」

寝台脇《わき》に置かれた果物籠《かご》の中から、ラーヴェが顔を出す。器用に林檎《りんご》を頭の上にのせて皿の上に移し、かじりはじめた。食べたものがどこにいくのか謎《なぞ》すぎる現象だ。

「だってラーヴェ、ジルの態度が冷たい！　本で読んだのはこんなのじゃなかった！」

「本と現実は違うんだよ、いい加減学べ」

「そんな……僕なんて毎晩ジルにふられる悪夢に悩《なや》まされてるのに……！」

「ああ……それで陛下、夜中にわたしにぎゅうぎゅう抱《だ》きついてくるんですね。あれ、苦しいんでやめてほしいと思ってました」

「ほらこの言い方！　何かがおかしい。君は本当に、ほんとーに僕が好きなのか!?」

「じゃあ陛下はどうなんですか」

「えっ」

途端《とたん》に今までの勢いをなくして、ハディスがうろたえだす。

「そ、それは……もちろん……………す……す」

そのまま何やらもごもご言おうとしてできず、せわしなくまばたきを繰《く》り返したハディスは、頭から布団《ふとん》をかぶって寝台の上で丸くなってしまった。

「……今ちょっと、言い方を考えるから。かっこいいやつ」

ラーヴェが林檎をもぐもぐしながらジルを見あげる。

「だめだこりゃ。なんかごめんなー」

「いえ、態度はとてもわかりやすいですし、これなら当分無害そうで安心してます」

「その言い方もひどい、男として傷つく……」

顔だけ布団から出したハディスがいじけ始めたので、ジルは話を変えることにした。僕だってできるとか言い出したら厄介《やっかい》だ。

本当にやればできる男なのはもう知っている。

「陛下、これおいしいですよ。一緒《いっしょ》に食べましょう」

寝室《しんしつ》を埋《う》めている見舞《みま》いの品のひとつを選んで、ハディスの前に差し出した。

「すごい量ですね。住民の皆さんから、陛下へのお見舞い」

「あー。この馬鹿《ばか》、公衆の面前で見事にふられたうえ、それで心臓とめただろ。すっげー同情されてるみてーだな。体弱いってばれたし、今代の皇帝陛下は優《やさ》しくしないと突然《とつぜん》死ぬって噂《うわさ》まわってるぞ」

「寒くなるから風邪《かぜ》をひかないようにって、ショールも贈《おく》られてきてます」

見舞いの品から見つけ出したショールを、起き上がったハディスの肩《かた》にかけてやる。ハディスは驚《おどろ》いたように目をぱちぱちさせていたが、柔《やわ》らかく口元をほころばせた。

「……そうか。僕の体調を気遣《きづか》って……」

「よかったですね。呪《のろ》いのことも、陛下のせいじゃないって理解してもらえて」

ベイルブルグは燃え落ちなかった。北方師団は住民達とうまく連携《れんけい》をとり、町の修繕《しゅうぜん》にのりだしている。城に閉じこめられた女性達もみんな解放され、女神《めがみ》の呪いから守るための措置《そち》だったと納得《なっとく》してくれた。スフィアもすっかり元気になり、ジルの家庭教師として帝都についてきてくれることになっている。

まだベイルブルグだけだろうが、大切な一歩だ。ベイル侯爵が生きていたことも相まって、皇太子の連続変死も何かの陰謀《いんぼう》だったのでは、という声があがってきている。ベイル侯爵本人の失脚《しっきゃく》は免《まぬが》れないが、スフィアが皇帝陛下への恩赦《おんしゃ》に対する礼として、ベイル侯爵家はハディスを今後支持することを表明した。

（少しずつでも、いいように変わっていければいい）

クレイトスとの対立だけはどうしようもないが、それも私的な範囲《はんい》ですんだ。開戦の初手だけはさけられた、といっていいだろう。

「そうだな……いや、おかしい。僕がふられて支持されてるのはおかしい」

途中《とちゅう》で我に返ったハディスに、ラーヴェが笑う。

「知ってるか、この町の住民が今、皇帝陛下に望むことは『一刻も早くジル様と結婚《けっこん》して落ち着くこと』らしいぜ」

「……応援《おうえん》は嬉しいが、民《たみ》に真っ先に求められる要求がそれっていうのは、ちょっとどうかなって皇帝は思う……」

「帝都に行けばどうせそんな声はなくなるでしょうし、いいじゃないですか」

帝都からの迎《むか》えがくるという話が、昨日やっとベイルブルグに届いた。あからさまにベイルブルグの一件の決着を待っていたとしか思えない。

「……兄上、君とのことを怒《おこ》るかな」

「平気ですよ。この指輪がある限り、わたしが妻ですし」

対外的にはどうであれ、ジルは竜妃《りゅうひ》だ。そう言ったのは他《ほか》ならないハディスなのに、ぱちぱちとまばたかれた。

「……君が強すぎて、やっぱり夢なんじゃないかって気がしてきた、色々」

「なんでそう話をこじらせるんですか」

「だって君が僕を好きなんて……」

すまし顔のジルの顔を、ハディスが覗《のぞ》きこんでくる。ジルはその目を見返す。

「見えませんか？」

「……。見える、ような、見えない、ような……いやだって女神を折ったんだぞ、好きでもない男のためにそこまでするのか？　できないだろう！　……はっ、まさか、そうやって僕をもてあそぶつもりでいるのか……⁉」

「陛下、そろそろ薬の時間です」

「やっぱり以前にも増して対応が冷たい！」

そりゃあそうだ。甘やかさないよう、言動にはとても気をつけている。

「ラーヴェ。どう思う。ジルは本当に僕を好きだと思うか？」

「つきあってられるか、アホらし。外で食ってくる。この馬鹿の面倒《めんどう》、頼《たの》んだわ」

「お前……僕を見捨てる気なら、女神の聖槍《せいそう》のようにぼっきり折るぞ」

「折れるわけねーだろ、俺は理《ことわり》の竜神《りゅうじん》だぞ。理に解さないことで負けねぇっつの。愛で折れる女神とは違《ちが》うんだよ」

意外な方向からの攻撃《こうげき》に、思わずジルは固まった。

決してにぶくはないハディスが、窓の外に消えたラーヴェからこちらへと視線を移す。

平静を装い損ねて《そこ》頰《ほお》が少し引きつったのを、見られていないようにと願った。

けれど、金色の瞳《ひとみ》はジルのすべてを暴《あば》こうと観察し続けている。

「……」

「……」

「……。あの、陛下。もうそろそろ、お休みになったほうが」

「ジル。君は僕に名前を呼ばないと怒ったが、もしかして君が僕の名前を呼ばないのも、同じ理由じゃないか？　――決して恋《こい》に落ちないように」

ほんのわずかに呑《の》んだ呼吸を、ジルの隙《すき》を、見逃《みのが》すような男ではない。

「そうか。ちょっと自信が出てきた。うん。君は僕が好きで、僕も君が好き。両思い。君は僕が好き。僕も君が好き。君は僕が」

「わ、わかりましたから、繰り返さないでください……！　わっ」

口をふさごうとしたら突然《とつぜん》、抱きあげられた。寝台のハディスの膝《ひざ》の上にちょこんとのせられる。

「僕が好きか？」

期待をこめた眼差《まなざ》しでハディスがじっとジルを見ている。

まだ聞くのかと流すことはできない甘い雰囲気《ふんいき》に、ジルはうつむいた。

「し、しつこいです、陛下」

「ふぅん。さっきは言えたのに、今は言えないくらい僕が好き？」

「──っわかっててやってるでしょう、陛下！」

子ども相手に大人の男がやることではない。

そばにあった大きな枕《まくら》を持ちあげて無駄《むだ》に綺麗《きれい》な顔をふさいでやろうとすると、笑ったハディスによけられたあげく、今度はうしろから抱《だ》きかかえられてしまった。

「もうっ陛下！　あんまりふざけてばかりいると、怒りますよ！」

「ラーヴェには内緒《ないしょ》の話だ。でも、君には知っていてほしい」

普段《ふだん》より低くて冷たい声に、どきんと心臓が鳴った。

「僕はたぶん、そんなに未来を信じてない。幸せ家族計画なんて、夢物語だ。女神にいいようにされたくなくて、ラーヴェを悲しませたくなくて、立派な皇帝《こうてい》らしくしているだけだ。口先だけで何ひとつ成し遂《と》げられず終わるかもしれないと、いつも思ってる」

脅《おび》えるようにハディスがジルを抱きこむ腕《うで》に力をこめる。

「僕は僕を信じられない。でもこんなこと、ラーヴェに言えない」

明るさの下に隠《かく》した弱さをさらけだす吐露《とろ》に、ジルの胸が震《ふる》えた。

（わたしに、だけ）

本当は怒るか悲しむかすべきなのだろう。だが、これはジルだけの特権だと思うと、甘い酩《めい》酊《てい》感にむずむずして──ああ、これだから恋というのは自分勝手だ。

「わかってるのに、君まで巻きこんだ。しかも、助けてほしいと思ってる。最低だ」

「そ──そんなことないです、陛下はちゃんと頑張《がんば》ってます！　不安は当たり前で」

「でも、君が好きだ」

ひっとジルの喉《のど》が鳴った。振《ふ》り向こうとしていた顔を、慌《あわ》てて前に戻《もど》す。

そうすると、ますます強く抱き締《し》められた。

「……離《はな》れないでほしい。逃《に》げられると思うと、何をするかわからない」

「べ、べつに、わたしはっ逃げるつもりはっ」

「でも、顔は見ないでくれ。みっともないから……好きな子の前ではかっこよくいたい」

かすれた声で切なくささやかないでほしい。心拍数《しんぱくすう》がすごいことになっている。ひょっとして自分の心臓ももてあそばれているのではないか。

（っていうか十歳相手にいきなり本気を出してくるな！　それとも素《す》か⁉　素なのか⁉）

いつも忘れそうになるが、やればできる男すぎて困る。

「ただ正直……十歳の君にこういう気持ちを抱《いだ》くのは自分でもどうかと思うんだ、最近」

そして一気に台無しにするのも、相変わらずうまかった。

ただ、今はちょっとだけほっとした。あのまま続けられたら悶《もだ》え殺される。

「ですよね！　なら、今日はこの辺で」

「でも君が好きだし、好きだって言われたい……」

再度あげてきて、ちょっと弱気に甘えてきた。恋愛《れんあい》知能ゼロだなんて、今となってはひどい嘘《うそ》だとしか思えない。必死で平静さを装いながら、ジルはたしなめる。

「そ、そんなことわたしに言われても、ですね……陛下は大人なんですから！」

「大人なんて年をとっただけの子ども」

「そうやって言い訳せずに頑張ってください！　わたし、陛下に期待してますから……！」

「そう言われると弱いな。ただ、君が子どもでよかったと思うこともあるんだ。これから綺麗になっていく君を、ずっと見ていられる。でも、ちょっと不安だな。君は美人になるだろうから、きっと焦《あせ》る。今だってすごく可愛《かわい》いから、自制できるかどうか」

うう、と頬を赤くしてジルは唸《うな》る。綺麗だとか美人だとか可愛いだとかこの男の口から出てくると頭がぐらんぐらんして、うまく言葉が出てこなくなってきた。

「でも君が好きだって言ってくれたら、ちゃんと待つ」

ハディスは顎《あご》をジルの肩《かた》の上にのせてじっとしている。完全に待ちの体勢だ。

なんだろう、この甘いだけの責め苦は。まさかこれも戦いか。愛は戦争って本当だった。

（――だめだ、ここで告白は無理！　ハードル高い！）

誤魔化《ごまか》して逃げよう。勝てない戦いに挑《いど》むべきではない。何が勝ちで負けかわからないが。

「きょ、今日はもう打ち止めです！　言うのは朝昼晩一日三回までって、今決めました！」

「待たなくていいのか？　君、意外と積極的だな。どうしよう」

「違います！　明日《あした》また三回言いますから、それで歯止めをかけてください！」

「嫌《いや》だ今がいい。今じゃないと君、また適当になるだろう。僕だって学習するんだ」

「わっわたし、陛下を甘やかさないって決めたんです！　年齢差《ねんれい》もありますし、陛下もご自分の行動が周囲の目にどう映るか、もっとよく考えてから行動を——」

気づいたら、当然のように唇《くちびる》が重なっていた。

さっきまで菓子《かし》を食べていたせいだろう。甘い。

きっと、世界中のどんな菓子よりも甘い。

「人目がないならいいなんて、君、可愛すぎる」

完全に固まったジルが声も出せないでいるうちに、ハディスが真顔で言った。

派手に響《ひび》いた平手打ちの音と怒鳴《どな》り合いを聞きながら、ラーヴェはあーあと嘆息《たんそく》する。

「愛なくして女神《めがみ》に勝てるわけないだろ。ほんと、どっちもあれだな」

でも人間は理で解せない生き物だから、それでいい。

だからこそ、ラーヴェが見守るのだ。

この街並みも人も海も国も大地も空も、愛という理が続く限り。

あとがき

こんにちは、または初めまして。永瀬《ながせ》さらさと申します。

拙作《せっさく》を手に取ってくださり有り難《がと》うございます。今作はWEBで連載《れんさい》していた作品の書籍化《しょせき》となります。書籍化にあたり、加筆修正させていただきました。幼女で男前なチート主人公が割烹着《エプロン》ヒーローの闇《やみ》落ちを（ほぼ物理で）回避《かいひ》する奮戦記、WEBから応援《おうえん》してくださった方も初めましての方も、楽しんでいただけたら幸いです。

イラストは藤未都也《ふじみつや》先生が惚《ほ》れ惚《ぼ》れするほどかっこいいジルやハディスを描《えが》いてくださいました。本当に有り難うございます。他にも担当様、編集部の皆様《みなさま》、デザイナー様、校正様、印刷所の皆様、この本に携《たずさ》わってくださった方々に心から御礼《おれい》申し上げます。

そして、この本を読んでくださった皆様。皆様の応援のおかげで、現在コミカライズ企画《きかく》も進行中です。これからも少しでも面白《おもしろ》いと思ってもらえる物語をお届けできるよう頑張《がんば》って参りますので、よろしければジル達を応援してやってくださいませ。

それでは、またお会いできますように。

永瀬さらさ

「やり直し令嬢は竜帝陛下を攻略中」の感想をお寄せください。
おたよりのあて先
〒102-8177　東京都千代田区富士見2-13-3
株式会社KADOKAWA　角川ビーンズ文庫編集部気付
「永瀬さらさ」先生・「藤未都也」先生
また、編集部へのご意見ご希望は、同じ住所で「ビーンズ文庫編集部」
までお寄せください。

やり直《なお》し令嬢《れいじょう》は竜帝陛下《りゅうていへいか》を攻略中《こうりやくちゅう》

永瀬《ながせ》さらさ

角川ビーンズ文庫　22070

令和2年3月1日　初版発行
令和6年8月30日　8版発行

発行者――山下直久
発　行――株式会社KADOKAWA
〒102-8177　東京都千代田区富士見2-13-3
電話 0570-002-301（ナビダイヤル）
印刷所――株式会社KADOKAWA
製本所――株式会社KADOKAWA
装幀者――micro fish

●お問い合わせ
https://www.kadokawa.co.jp/（「お問い合わせ」へお進みください）
※内容によっては、お答えできない場合があります。
※サポートは日本国内のみとさせていただきます。
※Japanese text only

ISBN978-4-04-108963-7 C0193 定価はカバーに表示してあります。
◆◇◇